흥부전 · 장화홍련전 외

책임편집 이병찬

성균관대학교 국어국문학과를 졸업하고 같은 학교 대학원에서 석사학위와 박사학위를 받았다. 현재 대진대학교 한국어문학부 교수이다. 저서로『동야휘집 연구』, 『고전문학 교육의 이해와 실제』, 『포천의 설화와 문학』등이 있다.

한국 문학을 읽는다 **19**

흥부전 · 장화홍련전 외

인쇄 2016년 1월 19일
발행 2016년 1월 25일

지은이 · 작자 미상
펴낸이 · 김화정
펴낸곳 · 푸른생각
책임편집 · 이병찬 | 편집 · 지순이, 김선도 | 교정 · 김수란

등록 · 제310-2004-00019호
주소 · 서울시 중구 충무로 29(초동) 아시아미디어타워 502호
대표전화 · 02) 2268-8706(7) | 팩시밀리 · 02) 2268-8708
이메일 · prun21c@hanmail.net
홈페이지 · www.prun21c.com

ⓒ 푸른생각, 2016

ISBN 978-89-91918-43-6 04810
ISBN 978-89-91918-21-4 04810(세트)

값 12,500원

19

한국 문학을 읽는다

흥부전
장화홍련전 외

작자 미상

책임편집 이병찬

푸른생각
PRUNSAENGGAK

가정이야말로 고달픈 인생의 안식처요, 모든 싸움이 자취를 감추고
사랑이 싹트는 곳이요, 큰 사람이 작아지고 작은 사람이 커지는 곳이다.
— H. G. 웰스(영국의 소설가, 1866~1946)

봉건사회의 갈등과 비극, 민담(民譚)에서 해법을 찾다

　초월적인 존재와 세계를 그리던 고소설이 차츰 인간의 현실적 삶의 모습에 관심을 기울이게 되었을 때 우선 주목했던 것은 '가족'의 문제였다. 가족이란 서로 감싸 안기도 하고, 부대끼기도 하면서 일상의 삶을 영위하는 생활 집단이다. 사람은 모두 이러한 가족의 일원으로 태어나서 성장하고 늙어 가기에, 가족이 소설의 주요한 제재가 되는 것은 당연한 일이다. 특히 국문소설의 경우, 주된 독자층은 부녀자들이었다. 당시 이들의 활동 영역이 거의 가정 내로 제한되었다는 점을 고려할 때 고소설이 가족의 문제에 주목하는 것은 자연스러운 현상이다.

　고소설 가운데 가족 구성원 간의 갈등으로 인한 가정의 위기와 그 해결 과정을 그린 것을 가정소설이라고 한다. 가족의 갈등은 부자, 부부, 처첩, 계모와 전실 자식, 형제 등 다양한 가족 관계 사이에서 발생한다. 가정소설에서는 처와 첩, 계모와 전실 자식 사이의 갈등이 주로 그려지는데, 전자를 '처첩 갈등형'이라 하고 후자는 '계모 갈등형'이라한다. '처첩 갈등형'으로는 김만중의 「사씨남정기」가 대표적이고, 다음에 소개하는 「장화홍련전」과 「콩쥐팥쥐전」은 그중에서 '계모 갈등형'

가정소설의 대표작으로 손꼽히는 작품들이다. 사실 이러한 갈등의 유형은 이미 「홍길동전」에서부터 마련된 것이기도 하다.

「흥부전」도 형제간의 갈등을 우애로 해결했다는 측면에서 역시 가정소설일 수 있다. 그렇지만 이 작품은 조선 후기 향촌 사회에서 유기체적인 공동체 사회가 무너지고 새롭게 시장 경제가 고개를 내미는 시기를 배경으로 한다. 더구나 당대 사회가 안고 있는 심각한 사회 구조적인 '빈부(貧富)'의 문제를 다루고 있다는 점에서 「흥부전」의 주제를 단순히 가정 내의 문제로만 한정하기는 어렵다. 여기에 작품의 형성이 민담을 거쳐서 판소리로 불리다가 소설로 유통되는 복잡한 과정을 보이기 때문에 작품의 이해에 보다 세심한 주의가 요구된다.

먼저 「흥부전」은 이른바 판소리계 소설로 민담에 의한 동화적 결말을 보인다는 약점에도 불구하고, 조선 후기 경제적 현실을 가장 잘 반영한 작품의 하나로 평가되는 작품이다. 이런 부분에 유의하여 「흥부전」을 다시 읽어 보면, 이 작품에는 흥미로운 대목이 아주 많다는 사실을 알게 된다. 즉 서두의 '놀부 심술' 대목은 놀부가 향촌 사회에서 사소한 악행을 일삼는 악인임을 보여 주면서 인간의 무의식적인 물질적 욕망까지 은근히 건드리고 있다. 독자들은 이어지는 흥부네의 유랑과 날품팔이 생활, 유명한 매품 파는 대목, 째보의 임금 투쟁 등에서 작품의 현실성을 충분히 공감하게 될 것이다. 결국 놀부와 흥부는 조선 후기의 경제 변동 속에서 등장할 수 있는 전형적인 인물로 형상화되었음을 이해하는 것이 중요하다고 하겠다.

그런데 이 작품에서는 흥부와 놀부의 신분이 모호한 데가 있다. 즉 이들은 같은 형제이면서도 사회적 · 경제적 지위가 다른 것으로 그려진다. 「흥부전」의 이본은 현재 약 80여 종 정도로 알려져 있으며, 특이하게도 전주에서 출판된 완판본이 없다. 이본의 차이를 주의해서 보면, 흥부와 놀부는 처음에는 둘 다 서민인 것으로 추정된다. 그런데 후기 이본으로 가면서 이들의 신분에 변화가 나타난다. 흥부의 유식한 말투와 양반적 요소가 강화되더니, 신재효본(19세기 후반)에는 흥부가 몰락한 양반으로 놀부는 노비 계층에서 양반으로 상승한 인물로 나오고, 급기야 세창서관본(20세기 초)은 흥부를 몰락 양반으로 놀부를 양반 아닌 노비 출신의 부자로 그려 내었다. 결국 후대 이본으로 올수록 흥부는 가난하되 양반 출신으로 변모되었고, 놀부는 부(富)를 그대로 유지하되 근본은 노비 출신임이 강조된다. 이것은 이들이 한 형제라는 의미가 퇴색되어 가는 것을 의미한다.

이와 같이 둘 다 현대에 가까울수록 신분과 경제력의 어긋남이 심화되는데, 이는 조선 후기 신분제 붕괴의 단면을 잘 보여 준다. 즉 흥부는 양반층 붕괴로 인한 '몰락한 양반'의 모습에 가깝고, 놀부는 경제력을 토대로 새로 부상하는 '경영형 부농' 혹은 '서민 지주'의 모습에 가까워진다. 이렇게 되면 흥부와 놀부의 개인적인 선악과는 상관없이 흥부는 역사의 발전 과정에서 도태되어야 할 존재로, 놀부는 역사의 새로운 방향에 부응하는 인물로 볼 소지가 마련된다. 성격 면에서도 후대로 오면서 흥부는 맹목적인 선행과 세상 물정 모르는 철부지 양반으로서 관념적 윤리에 사로잡힌 인물로 나타나고, 놀부의 경우는 '수전

노'로서 반사회적이고 반인륜적인 인물이되 악착스러움과 강인한 면이 부각된다. 그리하여 근래 흥부는 게으르고 무능력한 존재로 평가되고, 놀부는 진취적인 인물로 평가되는 현상까지 볼 수 있다.

「콩쥐팥쥐전」은 작자와 창작 연대 미상의 소설로, 이른바 신데렐라(Cinderella)형 설화를 소설화한 작품이다. 작품의 전반부는 어느 정도 신데렐라형의 설화와 비슷하나, 후반부 특히 콩쥐와 김 감사와의 결혼 후에 벌어지는 복수는 설화에 없는 허구적인 창작이다. 선한 인간으로 대표되는 콩쥐와 악한 인간형을 대변하는 계모와 팥쥐에 대한 이야기는 그 자체로 하나의 소설을 이룰 수 있다. 기존의 설화에 원귀담과 재생담을 활용하여 가정에서 벌어진 비극적인 사건들을 해결하고 행복한 결말에 이르게 된다.

착하고 어진 전실의 딸 콩쥐가 계모와 그의 소생인 팥쥐에게 온갖 구박을 받으나(나무 호미로 자갈밭 매기, 구멍 뚫린 독에 물 긷기, 벼 석 섬 찧고 베 한 필 짜기 등), 결국 검은 소, 두꺼비, 직녀와 새떼 등의 도움으로 여러 가지 어려움을 다 이겨 내고 감사와 결혼한다. 그 후 콩쥐는 심술 많은 팥쥐와 계모의 간계에 걸려 연못에 빠져 죽는다. 그렇지만 끝내 다시 살아나 그들에게 복수한다는 이야기로 짜여 있다. 악한 인간에 대한 철저한 응징과 복수를 인상적으로 형상화함으로써 권선징악(勸善懲惡)의 효과를 높인 작품으로 평가된다. 신데렐라계 설화가 대부분 남녀 주인공의 결혼으로 끝나는 데 비해, 이 소설에서는 결혼 이후의 사건을 더 흥미있고 다채롭게 묘사하고 있다. 단순한 동화적 설화에 현실적이고 윤리적인 주제를 부여하여 소설로 재창조했다는 점이 이 작품이 갖는 의의이다.

작품에서 콩쥐는 퇴리(退吏) 최만춘의 딸이다. 외가의 잔치에 갔다가 신 한 짝을 잃어버린 것을 계기로 김 감사의 후처가 된다. 이때 신발이 중요한 사랑의 매개물로 사용되는데, 이는 외국 작품에서도 많이 등장한다. 신발과 관련된 민속을 활용한 결과로 생각된다. 콩쥐가 연못에 빠져 죽는 설정, 억울하게 음모에 희생된 콩쥐의 원혼이 연꽃·구슬로 화하여 감사에게 출현하는 장면, 팥쥐 모녀의 악행을 징벌하고 재생하여 감사와의 정을 이어 가는 결말 등은 마치 「장화홍련전」을 연상시킨다. 목판본이나 필사본은 발견되지 않고, 20세기의 구활자본 2종(1919년, 1928년)만이 전한다. 즉 식민지 시대에 누군가 구활자본의 상업적인 성공에 힘입어 전래 설화를 바탕으로 창작한 작품으로 추정된다.

「장화홍련전」은 조선 효종 때 철산부사로 있던 전동흘(全東屹, 1610~1685)이 고을의 원사(冤死) 사건을 해결한 일을 바탕으로 창작된 작품이라고 한다. 작자와 창작 시기를 모두 알 수 없는데, 박인수(朴仁壽)가 1818년에 국문본을 한문으로 번역했다는 사실을 고려하면, 이 작품은 대략 18세기 중반 무렵에 창작된 것으로 추정된다. 즉 실화에서 소재를 취해서 현실을 감안한 허구적 구성으로 사건을 전개시킨 것이다. 여기에 민담의 원귀담과 재생담을 끌어와 비극을 희극으로 마무리하였다. 한문본과 국문본이 있는데 내용 면에서 장화와 홍련의 재생담(再

生譚)이 있는 이본과 없는 이본이 있다. 대체로 재생담이 없는 이본이 먼저 만들어진 다음, 재생담을 추가한 이본이 나중에 이루어진 것으로 보인다.

이 작품은 계모가 전실 자식(장화와 홍련)을 모해하여 죽게 하자 원혼이 된 전실 자식이 고을 수령에게 나타나 하소연함으로써, 계모의 모든 음모가 드러나고 결국은 계모가 징치(懲治)된다는 내용으로 이루어져 있다. 대부분의 계모 갈등형 가정소설에서 계모는 악인, 전실 자식은 선인으로 형상화된다. 그러나 갈등의 책임이 계모 한 사람에게만 있는 것은 아니다. 물론 계모 허씨가 장화 자매를 모해하게 된 주된 동기는 배 좌수의 재산을 노린 물질적 욕망 때문이다. 하지만 여기에는 남편인 배 좌수의 전처에 대한 미련과 전실 자식인 장화 자매에 대한 편애도 크게 작용한다. 이러한 배 좌수의 태도는 결과적으로 허씨를 자극하여 장화 자매를 모해하도록 하는 빌미를 제공하였다. 또한 이미 세상을 떠난 생모를 그리워하며 방 안에서 눈물만 짓고 있는 전실 자식들의 태도도 허씨를 자극했을 것으로 보아야 한다.

계모인 허씨가 잔혹하게 처형되는 반면에 장화 자매는 한을 풀고 재생하여 행복하게 된다는 결말은, 이 작품이 계모와 전실 자식 사이의 갈등을 단순히 선악의 대립으로만 다루었음을 보여 준다. 그러나 작품을 보다 깊이 읽어 보면 아버지의 재혼으로 인해 새롭게 구성된 가족 사이의 관계가 파탄으로 치닫는 비극적인 모습이 나타난다. 그리고 그것은 물질적 욕망에 사로잡힌 계모, 분별 없는 아버지, 그리고 죽은 생모만을 그리워하는 전실 자식 등 모두에 의한 결과라는 점이 분명해진

다. 따라서 「장화홍련전」의 궁극적인 의미는 여기에서 찾아야 할 것으로 생각한다.

푸른생각에서 기획하여 발행하는 '한국 문학을 읽는다' 시리즈는 작품의 원문을 충실하게 실었다. 어려운 단어에는 낱말풀이를 세심하게 달아 작품의 이해를 돕고, 본문의 중간중간에 소제목을 붙여 이야기의 흐름을 놓치지 않도록 하였다. 또한 각 작품에 들어가기 전에 등장인물을 소개하고, 수록한 작품 뒤에는 줄거리를 정리한 〈이야기 따라잡기〉를 마련해 놓았다. 그리고 〈쉽게 읽고 이해하기〉를 마련해 작품의 세계를 좀더 깊게 이해할 수 있도록 했다. 아울러 책의 끝에 작가가 확실한 작품의 경우에는 〈작가 알아보기〉를 제시해 작가의 생애를 독자들에게 소개하였다.

「흥부전」의 경우는 민담을 활용하여 조선 후기 사회의 경제적 실상을 문제 삼은 작품이다. 이런 시대를 배경으로 한 「흥부전」이 형제간의 빈부 격차를 통해 보여 주는 핵심은 무엇일까? 그것은 왜 흥부처럼 선량하고 부지런한 사람이 가난하게 살아야 하는가의 문제이고, 나아가 개인의 능력이 차이가 있더라도 인간(형제)들 사이에 나타나는 빈부의 격차를 어느 정도까지 인정할 수 있는가의 문제이기도 하다. 이는 오늘날 한국 사회가 당면한 '청년 실업', '사회 복지'나 '사회 정의'에까지 우리의 생각을 이어 준다. 「흥부전」은 이런 의문에 대해 소박한 답을 내렸다. 즉 초월적 존재의 개입을 통한 '행복한 결말'이라는 서사로 풀어 낸다.

「장화홍련전」과 「콩쥐팥쥐전」은 전형적인 '계모 갈등형' 가정소설이다. 전자는 실화를 바탕으로 한 원귀의 출현과 재생담, 현명한 관리에 의해 백성의 억울함이 해결되는 '공안소설(송사소설)'의 요소를 가미하여 엮어 낸 작품이다. 이에 비해 후자는 전반부에서 민담을 거의 그대로 활용하고, 후반부의 구성은 「장화홍련전」과 닮아 있다. 오늘날 우리는 그 어느 때보다도 이혼과 재혼이 빈번한 사회에서 살고 있는 만큼, 우리들 주변의 가정에는 일상적인 가족 관계가 재편될 가능성이 늘 상존한다. 「장화홍련전」과 「콩쥐팥쥐전」에서 독자들 스스로가 바람직한 가정의 재구성에 대한 해답의 일단을 찾아보기를 권한다.

2016년 1월
책임편집 이병찬

차례

한국 문학을 읽는다 **흥부전 · 장화홍련전** 외

가족들이 서로 맺어져 하나가 되어 있다는 것이
정말 이 세상에서의 유일한 행복이다.
— 마리 퀴리(프랑스의 물리학자 · 화학자, 1867~1934)

「흥부전」과 같은 판소리계 소설은

당대 현실을 잘 반영한다는 특색이 있다.

특히 「흥부전」은 민담에 근원을 두면서도

조선 후기의 역사적 현실을 잘 반영하고 있는

아주 현실적인 작품이다.

흥부전
(興夫傳)

방약무인 도척이도 이보다는 성현이요,
무지불측 관숙이도 이보다는 군자로다.
우리 형제 어찌하여 이다지 극악합니까.

등장인물

흥부   착하고 순박한 성격에 학식도 있지만, 생활력이 부족하다. 다친 제비를 정성껏 보살펴 준 보상으로 큰 부자가 된다. 부자가 되어도 자신을 구박했던 놀부를 형으로 대접하는, 선량한 인물이다.

놀부   흥부의 형으로 이기적이고 심술궂다. 흥부네 가족을 쫓아내고 가난하게 사는 흥부를 도와주기는커녕 오히려 구타할 만큼 모진 성격이다. 흥부처럼 부자가 되기 위해 제비 다리를 일부러 부러뜨리고는, 결국 박에서 나온 온갖 재앙에 혼쭐이 난다.

흥부 아내   남편 못지않게 착한 마음씨를 가진 흥부의 아내. 남편과 자식들을 위해 궂은 일을 마다 않고 가난한 살림을 꾸려 간다.

째보   놀부의 이웃. 돈을 받고 놀부의 박을 타 주지만, 놀부가 박에서 쏟아져 나온 온갖 불한당들에게 당하는 것을 보면서도 자기 실속만 챙기는 현실적 인물이다.

흥부전

심술궂은 놀부, 흥부를 내쫓다

화설(話說, 고대 소설에서 이야기를 시작할 때 쓰는 말), 경상·전라 양도 지경(地境, 나라나 지역 따위의 구간을 가르는 경계)에서 사는 사람이 있었으니, 놀부는 형이요 흥부는 아우였다. 놀부 심사 무거(無據, 근거가 없음)하여 부모 생전 분재(分財, 가족이나 친척에게 재산을 나누어 줌) 전답(田畓, 논밭)을 홀로 차지하였다. 흥부 같은 어진 동생을 구박하고, 건넛산 언덕 밑에 내떨고 나가며 조롱하고 들어가며 비양하니(얄미운 태도로 빈정거리니) 어찌 아니 무지할까.

이런 놀부 심사를 보자면 초상난 데 춤추기, 불붙는 데 부채질하기, 해산한 데 개 잡기, 장에 가면 억매(抑賣, 물건을 억지로 팖) 흥정하기, 집에서 몹쓸 노릇하기, 우는 아이 볼기 치기, 갓난아이 똥 먹이기, 무죄한 놈 뺨치기, 빚값에 계집 빼앗기, 늙은 영감 덜미 잡기, 아이 밴 계집 배

차기, 우물 밑에 똥 누기, 오려논(올벼를 심은 논. '올벼'는 제철보다 일찍 여무는 벼)에 물 터 놓기, 잦힌 밥에 돌 퍼붓기, 패는 곡식 이삭 자르기, 논두렁에 구멍 뚫기, 호박에 말뚝 박기, 곱사장이 엎어 놓고 발꿈치로 탕탕 치기, 심사가 모과나무의 아들('모과나무 심사'란 모과나무처럼 뒤틀려서 심술궂고 순순하지 못한 마음씨를 이르는 말)이다.

놀부의 심술은 이렇지만, 집은 부자라 호의호식한다.

흥부네 가족, 가난에 시달리다

흥부는 집도 없이 집을 지으려고 집 재목을 낼 모양이면 만첩청산 들어가서 소부등(小不等, 조그마한 둥근 나무) 대부등(大不等, 큰 둥근 나무)을 와드렁 퉁탕 베어 안방·대청·행랑·몸채·내외 분합(分閤, 대청과 방 사이 또는 대청 앞쪽에 다는 네 쪽 문) 물림퇴(물림간. 본채의 앞뒤나 좌우에 딸린 반 칸 너비의 칸살)에 살미살창(살을 박아 만든 창문) 가로닫이 입 구 자로 지은 것이 아니라, 흥부는 집 재목을 내려고 수수밭 틈으로 들어가서 수수깡 한 뭇(짚, 장작, 채소 따위의 작은 묶음을 세는 단위)을 베어 안방·대청·행랑·몸채 두루 지어 말집(추녀를 사방으로 뺑 둘러 지은 말(斗) 모양의 집)을 꽉 짓고 돌아보니, 수숫대 반 뭇이 그저 남아 있다.

방 안이 넓든지 말든지 양주(兩主, 바깥주인과 안주인이라는 뜻으로, 부부를 이르는 말) 드러누워 기지개 켜면 발은 마당으로 가고, 머리는 뒤뜰로 맹자 아래 대문 하고('맹자하문(盲者下門, 소경도 곧바로 찾을 정도로 있으나마나 한 문을 내었다)'에서 온 말로, 거칠 것 없이 쑥 방문을 나간다는 뜻) 엉덩이는 울타리 밖으로 나가니, 마을 사람이 출입하다가 '이 엉덩이 불러들이시오' 하는 소리에, 흥부 듣고 깜짝 놀라 대성통곡 우는 소리를 한다.

"아이고 답답하고 서럽다. 어떤 사람 팔자 좋아 대광보국숭록대부삼태육경(大匡輔國崇錄大夫三台六卿, 조선 시대 정일품 품계) 되어 나서 고대광실 좋은 집에 부귀공명 누리면서 호의호식 지내는가. 내 팔자 무슨 일로 말(斗)만 한 오두막집에 성소광(星小光, 작은 별빛)이 공정하니, 지붕 끝에 별이 뵈고, 청천한운 세우시(靑天寒雲細雨時, 맑은 하늘 찬 구름 가랑비 내릴 때)에 우대량이 방중(雨大量 房中, 방 안으로 많은 비가 들이친다는 뜻)이라. 문밖에 세우(細雨, 가랑비) 오면 방 안에 큰 비 오고, 폐석초갈(弊席草葛, 해진 돗자리와 나쁜 옷) 찬 방 안에 헌 자리 벼룩 빈대 등이 피를 빨아먹고, 앞문에는 살만 남고 뒷벽에는 외(椳, 흙벽을 바르기 위하여 벽 속에 엮은 나뭇가지)만 남아 동지섣달 한풍이 살 쏘듯 들어오고, 어린 자식 젖 달라 하고 자란 자식 밥 달라니 차마 서러워 못 살겠소."

가난한 형편에 웬 자식은 밤마다 낳아서 한 서른남은 되니, 입힐 길이 전혀 없다. 한 방에 몰아넣고 멍석으로 씌우고 머리만 내어놓으니, 한 녀석이 똥이 마려우면 뭇 녀석이 시배(侍陪, 따라다니며 시중을 드는 하인)로 따라간다. 그중에 값진 것을 다 찾는구나. 한 녀석이 나오면서,

"아이고 어머니, 우리 열구자탕(悅口子湯, 신선로에 여러 가지 고기와 채소를 넣고, 그 위에 각종 과실을 넣어서 끓인 음식)에 국수 말아 먹었으면."

또 한 녀석이 나앉으며,

"아이고 어머니, 우리 벙거지(벙거지 모양의 전골 냄비에 끓인 음식)를 먹었으면."

또 한 녀석 내달으며,

"아이고 어머니, 우리 개장국에 흰밥 조금 먹었으면."

또 한 녀석이 나오며,

"아이고 어머니, 대추 찰떡 먹었으면."

"아이고 이 녀석들아, 호박국도 못 얻어먹는데 보채지나 말려무나."

또 한 녀석 나오며,

"아이고 어머니, 왜 올부터 불두덩이 가려우니 날 장가 들어 주오."

이렇듯 보챈들 무엇 먹여 살려 낼까. 집 안에 먹을 것이 있든지 없든 지 소반이 네 발로 하늘께 축수하고(빌고), 솥이 목을 매어 달렸고, 조리 가 턱걸이를 하고, 밥을 지어 먹으려면 책력을 보아 갑자일이면 한 끼 씩 먹고, 생쥐가 쌀알을 얻으려고 밤낮 보름을 다니다가 다리에 가래톳 (넓적다리 윗부분의 림프샘이 부어 생긴 멍울)이 서서 파종(破腫, 종기를 침으로 땀) 하고 앓는 소리, 마을 사람이 잠을 못 자니 어찌 서럽지 아니할까.

"아가 아가 울지 마라. 아무리 젖 달란들 무엇 먹고 젖이 나며, 아무 리 밥 달란들 어디서 밥이 나랴."

달래 올 때 흥부 마음 인후(仁厚, 어질고 후덕함)하여 청산유수와 곤륜옥 결(崑崙玉潔, 곤륜산에서 나는 옥처럼 깨끗한 것)이라. 성덕을 본받고 악인을 저어하며(두려워하며) 물욕에 탐이 없고 주색에 무심하다. 마음이 이러하 니 부귀를 바라겠는가.

흥부 아내가 말한다.

"아이고 여봅소, 부질없는 청렴 마시오. 안자(晏子, 중국 춘추 시대 제나 라의 정치가) 단표(單瓢, 단사표음의 준말. 대나무로 만든 밥그릇에 담은 밥과 표주박에 든 물이라는 뜻으로, 청빈하고 소박한 생활을 이르는 말) 주린 염치 삼십 조사(早死, 젊은 나이에 죽음)하였고, 백이숙제(伯夷叔齊, 형 백이와 아우 숙제. 모두 은(殷)나라 고죽군(孤竹君)의 아들. 주(周)나라 무왕이 은나라를 치자 이를 만류하였으며, 무왕이 천하를 손 안에 넣자 주나라 곡식 먹기를 부끄러이 여겨 수양산(首陽山)으로 도망가서 고사리를 캐 먹고 살다가 마침내 굶어 죽었다) 주린 염치 청루(靑樓, 기생이나 창녀들이 있는 집) 소녀 웃었으니, 부질없는 청렴 말고 저 자식들 굶겨 죽이겠으니, 아주버니네 집에 가서 쌀이 되나 벼가 되나 얻어 오시오.”

흥부가 말한다.

“나는 싫소.”

“왜 싫어요?”

“형님이 음식 끝을 보면 사촌을 몰라보고 똥 싸도록 때리니, 그 매를 어떤 아들놈이 맞는단 말이오?”

“아이고, 동냥은 못 준들 쪽박조차 깨뜨리겠소. 맞으나 아니 맞으나 쏘아나 본다고 건너가 보시오.”

흥부, 놀부를 찾아가 도움을 청하지만 매만 맞는다

흥부 이 말을 듣고 형의 집에 건너간다. 이때 치장을 보자면 편자(망건편자. 망건을 졸라매는 띠) 없는 헌 망건에 박 쪼가리 관자(망건에 달아 당줄을 꿰는 작은 단추 모양의 고리. 신분에 따라 재료가 다름) 달고, 물렛줄로 당끈(당줄. 망건당줄. 망건에 달아 상투에 동여매는 줄) 달아 대가리 터지게 동이고, 갓만 남은 중치막(예전에 벼슬하지 않은 선비가 입던 웃옷) 동강 이은 헌 술띠를

흥복통에 눌러 띠고, 떨어진 헌 고의(袴衣, 여름에 바지 대신으로 입는 홑옷)에 청올치(칡의 속껍질로 꼰 노끈)로 대님 매고, 헌 짚신 감발하고 세살부채(살이 가는 부채) 손에 쥐고, 서 홉들이 오망자루 꽁무니에 비스듬히 차고, 바람 맞은 병인(病人, 병든 사람)같이 잘 쓰는 쇄소(灑掃, 물을 뿌리고 빗자루로 쓰는 일)같이 어슷비슷 건너간다. 형의 집에 들어가서 전후좌우 바라보니, 앞 노적(露積, 곡식 따위를 수북이 쌓은 무더기), 뒤 노적, 멍에 노적(소의 목에 얹는 멍에 모양으로 쌓은 노적) 담불담불(곡식섬이 매우 많이 쌓여 있는 모양. '담불'은 벼를 백 섬씩 묶어 세는 단위) 쌓여 있다. 흥부의 마음은 즐거우나 놀부 심사 무거하여 형제끼리 내외하고 구박이 태심(太甚, 너무 심함)하니 흥부 할 수 없이 뜰아래서 문안한다. 놀부가 묻는다.

"네가 누구냐."

"내가 흥부요."

"흥부가 누구 아들인가."

"아이고 형님, 이것이 웬 말이오. 비나이다, 형님 앞에 비나이다. 세 끼 굶어 누운 자식 살려 낼 길 전혀 없으니, 쌀이 되나 벼가 되나 양단간(兩端間, 이렇게 되든지 저렇게 되든지 두 가지 가운데)에 주시면 품을 판들 못 갚으며, 일을 한들 어찌 공(空, 헛되다)하겠습니까. 부디 옛일을 생각하여 사람을 살려 주십시오."

흥부가 애걸하니, 놀부 놈의 거동 보자. 성낸 눈을 부릅뜨고 볼을 올려 호령한다.

"너도 염치없다. 내 말 들어 보아라. 천불생무록지인(天不生無祿之人, 어떠한 사람이든지 먹고살 것은 타고 난다는 말)이요, 지불생무명지초(地不生無名

之草, 땅은 이름없는 풀을 내지 않는다는 말. 땅 위 것은 모두 이름을 가지고 있다는 뜻)라. 네 복을 누구 주고 나를 이리 보채느냐. 쌀이 많이 있다 한들 너 주자고 노적 헐며, 벼가 많이 있다 한들 너 주자고 섬을 헐며, 돈이 많이 있다 한들 괴목궤(槐木櫃, 홰나무로 만든 돈궤)에 가득 든 것을 문을 열며, 가릇되나 주자 한들 북고왕염소독(볏짚으로 덮은, 왕소금을 담은 작은 독)에 가득 넣은 것을 독을 열며, 의복이나 주자 한들 집 안이 고루 벗었거든 너를 어찌 주며, 찬밥이나 주자 한들 새끼 낳은 거먹(검은) 암캐 부엌에 누웠거든 너 주자고 개를 굶기며, 지게미(술을 거르고 남은 찌꺼기에 다시 물을 부어 짜내고 남은 찌꺼기)나 주자 한들 구중방(九重房, 겹겹이 둘러싸인 곳) 우리 안에 새끼 낳은 돼지가 누웠으니 너 주자고 돼지를 굶기며, 겻섬(겨를 담은 섬)이나 주자 한들 큰 농우(農牛, 농사일에 부리는 소)가 네 필이니 너 주자고 소를 굶기랴. 염치없다, 흥부 놈아!"

하고, 주먹을 불끈 쥐어 뒤통수를 꽉 잡으며, 몽둥이를 지끈 꺾어 손재승(損財僧, 재물을 훼손한 스님)의 매질하듯 원화상(圓和尚, 경륜이 있는 스님)의 법고 치듯 아주 쾅쾅 두드린다. 흥부 울며 이른 말이,

"아이고 형님, 이것이 웬 일이오. 방약무인(傍若無人, 곁에 사람이 없는 것처럼 함부로 행동함) 도척(盜跖, 중국 춘추 시대의 몹시 악한 사람)이도 이보다는 성현이요, 무지불측(無知不測) 관숙(管叔, 중국 주나라 문왕의 셋째 아들. 형인 무왕이 죽은 뒤 난을 일으켰다가 아우인 주공에게 죽었음)이도 이보다는 군자로다. 우리 형제 어찌하여 이다지 극악합니까."

탄식하고 돌아온다.

흥부 아내, 남편이 빈 손으로 돌아오자 실망한다

흥부 아내 거동 보자. 흥부 오기를 기다리며 우는 아기 달랠 때 물레질하며,

"아가 아가 울지 마라. 어제 저녁 김 동지 집 용정 방아(곡식 찧는 방아) 찧어 주고 쌀 한 되 얻어다가 너희들만 끓여 주고 우리 양주 어제 저녁 이때까지 그저 있다. 잉잉잉 네 아버지 저 건너 아주버니 집에 가서 돈이 되나 쌀이 되나 양단간에 얻어 오면, 밥을 짓고 국을 끓여 너도 먹고 나도 먹자. 울지 마라, 잉잉잉."

아무리 달래어도 악을 치듯 보챈다. 흥부 아내 할 수 없이 흥부 오기 기다린다. 이때 흥부 아내 의복 치장 보자면 깃만 남은 저고리, 다 떨어진 누비바지, 몽당치마 떨쳐입고 목만 남은 헌 버선에 뒤축 없는 짚신 신고 문밖에 썩 나서며 머리 위에 손을 얹고 기다릴 때, 칠년대한(七年大투, 칠 년 동안이나 내리 계속되는 큰 가뭄. 중국 은나라 탕왕 때에 있었던 큰 가뭄에서 유래한 말) 가문 날에 비 오기 기다리듯, 구년지수(九年之水, 오랫동안 계속되는 큰 홍수. 중국 요나라 때 구 년 동안이나 계속되었다는 큰 홍수에서 유래한 말) 장마 진 데 볕 나기 기다리듯, 제갈량 칠성단에 동남풍 기다리듯, 강태공 위수(渭洙) 상(上)에 시절 기다리듯, 만 리 전장에 승전하기 기다리듯, 어린아이 경풍에 의원 기다리듯, 독수공방에 낭군 기다리듯, 춘향이 죽게 되어 이 도령 기다리듯, 과년한 처녀 시집가기 기다리듯, 삼십 넘은 노도령 장가가기 기다리듯, 장중(場中)에 들어가서 과거하기 기다리듯 세 끼 굶어 누운 자식 흥부 오기 기다린다.

"아이고 아이고 서러워라."

흥부 울며 건너오니 흥부 아내 달려가 두 손목을 덥석 잡고,

"울지 마오, 어찌하여 우시오. 형님 앞에 말하다가 매를 맞고 건너왔나. 출문망(出門望, 문을 나가 바라봄) 허위허위 오는 사람 몇몇이 날 속인고. 어찌하여 이제 오시오."

흥부는 어진 사람이라 이렇게 말한다.

"형님이 서울 가고 아니 계시기에 그저 왔네."

"그러하면 이를 어찌하잔 말이오. 짚신이나 삼아 팔아 자식들을 살려 내시오. 짚이 없으니 저 건너 장자(長者, 큰 부자를 점잖게 이르는 말) 집에 가서 얻어 보시오."

흥부 부부, 부지런히 일해도 살기가 힘들다

흥부 거동 보자. 장자 집에 가서,

"장자님 계시오."

"게 누군가."

"흥부요."

"흥부 어찌 왔는가."

"장자님, 편히 계시옵니까?"

"자네는 어찌 지내는가."

"지내려 하니 오죽하겠습니까. 짚 한 뭇만 주시면 짚신을 삼아 팔아 자식들을 살리겠습니다."

"그리하소. 불쌍하이."

하고 종을 불러 좋은 짚으로 서너 뭇 갖다가 준다.

　흥부 짚을 가지고 건너와서 짚신을 삼아 한 죽(옷, 그릇 따위의 열 벌을 묶어 세는 단위)에 서 돈 받고 팔고, 양식을 팔아(돈을 주고 곡식을 사서) 밥을 지어 처자식과 먹었다. 이리하여도 살 길 없어 흥부 아내가 말한다.

　"우리 품이나 팔아 봅시다."

　흥부 아내 품을 팔 때 용정 방아 키질하기, 매주가(賣酒家, 술집)에 술 거르기, 초상집에 제복 짓기, 제사 집에 그릇 닦기, 신사(神祀, 신령을 모시는 사당) 집에 떡 만들기, 언 손 불고 오줌 치기, 해빙하면 나물 뜯기, 춘모(春麰, 이른 봄에 씨를 뿌려 첫여름에 거두는 보리) 갈아 보리 놓기, 온갖으로 품을 팔았다. 흥부는 정이월에 가래질하기, 이삼월에 붙임하기, 일등 전답 못논 갈기, 입하 전에 면화 갈기, 이 집 저 집 이엉 엮기, 더운 날에 보리 치기, 비 오는 날 명석 걷기, 원산·근산 시초(柴草, 땔나무로 쓰는 풀) 베기, 무곡주인(貿穀主人, 곡식을 사고 파는 상인) 역인(일꾼) 지기, 각읍(各邑) 주인 삯길 가기, 술만 먹고 말 짐 싣기, 오 푼 받고 마철 박기, 두 푼 받고 똥 재치기, 한 푼 받고 비 매기, 식전에 마당 쓸기, 저녁에 아이 만들기, 온갖으로 다하여도 끼니가 간 데 없다.

흥부, 매품을 팔러 갔으나 허탕을 치다

이때 본읍 김 좌수가 흥부를 불러 말한다.

"돈 삼십 냥을 줄 것이니 나 대신으로 감영에 가 매를 맞고 오라."

흥부 생각하길, 삼십 냥을 받아 열 냥어치 양식 팔고, 닷 냥어치 반찬 사고, 닷 냥어치 나무 사고, 열 냥이 남거든 매 맞고 와서 몸조섭(몸조리)을 하리라 생각한다. 흥부가 감영으로 가려 할 때, 흥부 아내가 말한다.

"가지 마오. 부모 혈육을 가지고 매 삯이란 말이 웬 말이오."

아무리 만류하여도 끝내 듣지 않고 감영으로 내려갔다. 안되는 놈은 자빠져도 코가 깨진다고, 마침 나라에서 사(赦, 사면)가 내려 죄인을 방송(放送, 죄인을 감옥에서 나가도록 풀어 주던 일)하니, 흥부 매품도 못 팔고 그저 온다.

흥부 아내 내달아 말한다.

"매를 맞고 왔소?"

"아니 맞고 왔네."

"아이고 좋소. 부모유체(父母遺體, 부모가 남긴 몸)로 매품이 무슨 일인고."

흥부 울며 말한다.

"아이고 아이고, 서러워라. 매품 팔아 여차여차하자 하였더니 이를 어찌하잔 말인고."

흥부 아내가 말한다.

"울지 마오, 제발 덕분 울지 마오. 봉제사(奉祭祀, 조상의 제사를 받들어 모심) 자손 되어 나서 금화금벌(禁火禁伐, 산에서 불을 피우는 것과 나무를 베는 것을 금함) 뉘라 하며, 가모(家母, 한 집안의 주부) 되어 나서 낭군을 못 살리니 여자 행실 참혹하고, 유자 유녀 못 차리니 어미 도리 없는지라 이를 어찌할까. 아이고 아이고, 서러워라. 피눈물이 반죽 되던 아황(娥皇) 여영(女英)의 설움이요(순 임금의 부인인 아황과 여영이 남편의 죽음을 슬퍼하며 피눈물을 흘린 자리에서 얼룩무늬 대나무(반죽)가 자라났다는 전설이 있음), 조작가 지어 내던 우마시의 설움이요(고소설의 작가와 등장인물로 추정되나 알 수 없음), 반야산(蟠耶山) 바위틈에 숙낭자의 설움(숙낭자는 고전소설 「숙향전」의 주인공 숙향을 말함)을 적자 한들 어느 책에 다 적으며, 만경창파 구곡수(九曲水)를 말말이 두량(斗量, 되나 말로 곡식 따위를 셈)할 양이면 어느 말로 다 되며, 구만 리 장천을 자자이('자'는 길이를 재는 자(尺)로서 '자마다'라는 뜻) 재련들 어느 자로 다 잴까. 이런 설움 저런 설움 다 후려쳐 버려 두고 이제 나만 죽고 지고."

하며 두 주먹을 불끈 쥐어 가슴을 쾅쾅 두드리니, 흥부 역시 비감하여 이른 말이,

"울지 마시오. 안연(공자의 제자) 같은 성인도 안빈낙도(安貧樂道, 가난하게 생활하면서도 편안한 마음으로 도를 즐겨 지킴)하였고, 부암에 담 쌓던 부열(傅說)이도 무정(武丁)을 만나 재상이 되었고(부열은 상(商)나라 때의 재상. 임금 무정에게 등용되어 나라를 잘 다스렸음) 신야에 밭 갈던 이윤(伊尹)이도 은탕(殷湯)을 만나 귀히 되었고(이윤은 은나라 초대 왕인 탕왕의 정승. 탕왕의 세 번 부름을 받아 재상이 되었음), 한신(韓信) 같은 영웅도 초년 곤궁하다가 한나라 원융(元戎, 대장군)이 되었으니(한신은 한나라 고조 유방(劉邦)의 신하) 어찌 아니 거룩하오. 우리도 마음만 옳게 먹고 되는 때를 기다려 봅시다."

제비, 쓰러져 가는 흥부 집에 둥지를 짓다

하여, 그달 저달 다 지내고 춘절(봄)이 돌아오니, 흥부가 이왕 식자(識

者, 학식, 견식)는 있어서, 수숫대로 지은 집에 입춘서(立春書, 입춘에 벽이나 문짝 등에 써 붙이는 글)를 써 붙이되 글자를 새겨(말이나 글의 뜻을 알기 쉽게 풀어) 붙인다. 겨울 동(冬) 자, 갈 거(去) 자, 천지간에 좋다. 봄 춘(春) 자, 올 래(來) 자, 녹음방초 날 비(飛) 자, 우는 것은 짐승 수(獸) 자, 나는 것은 새 조(鳥) 자, 연비려천(鳶飛戾天, '소리개가 하늘로 날아오른다'는 뜻으로 『시경』의 한 구절) 소리개 연(鳶) 자, 오색의 관 꿩 치(雉) 자, 월삼경파화지상(月三更播花之上, '달이 삼경에 꽃 위에 넘실거릴 때'라는 뜻)에 슬피 우는 두견 견(鵑) 자, 쌍거쌍래(雙去雙來, 쌍쌍이 오고가다) 제비 연(燕) 자, 인간만물 찾을 심(尋) 자, 이 집으로 들 입(入) 자, 일월도 박식(薄蝕, 달과 해가 월식이나 일식으로 서로 그 빛을 가림)하고 음양도 소생커든, 하물며 인물이야 성식(聲息, 먼 곳에서 전하는 소식이나 편지)인들 없을까.

삼월 삼일 다다르니 소상강 기러기 떼 가노라 하직하고 강남서 나온 제비 왔노라 현신할 때, 오대양에 앉았다가 비래비거(飛來飛去, 날아오고 날아감) 넘놀면서 흥부를 보고 반갑다고 좋은 호(好) 자 지저귄다. 흥부가 제비를 보고 경계하여 말한다.

"고대광실 많건마는 수숫대 집에 와서 네 집을 지었다가 오뉴월 장마에 털썩 무너지면 그 아니 낭패인가."

제비 듣지 아니하고 흙을 물어 집을 짓고 알을 안아 깬 후 날기 공부 힘쓸 때에, 의외에 대망(大蟒, 아주 큰 구렁이)이 들어와서 제비 새끼를 무수히 먹어 버렸다. 흥부 깜짝 놀라 말한다.

"흉악하다 저 짐승아, 고량(膏粱, 살진 고기와 좋은 곡식으로 만든 맛있는 음식)도 많건마는 무죄한 저 새끼를 몰식(沒食, 남기지 않고 다 먹음)하니 악착하다. 제비 새끼 대성황제(大聖皇帝, 덕이 아주 높고 지혜가 밝은 황제) 나와 계시고(태어나고), 불식고량(不食膏糧, 기름진 고기나 양식을 먹지 않음) 살아나니 인간에 해가 없고, 옛 주인을 찾아오니 제 뜻이 유정(有情, 인정이나 동정심이 있음)하다. 제 새끼를 이제 다 참척(慘慽, 자손이 부모나 조부모보다 일찍 죽음)을 보니 어찌 아니 불쌍할까. 저 짐승아, 패공(沛公)의 용천검에 적혈이 비등할 제 백제(白帝)의 영혼인가(패공은 한고조 유방. 유방은 적제(赤帝)의 아들로서 백제의 아들인 구렁이를 베어 죽였다는 전설이 있음), 신장도 장할시고. 영주(永州) 광야 너른 뜰에 숙낭자에 해를 입히던 풍사망의 대망인가(고소설 「숙향전」의 주인공 숙향에게 해를 입히던 큰 구렁이를 뜻함), 머리도 흉악하다.”

이렇듯 경계할 때, 뜻밖에 제비 새끼 하나가 공중에서 뚝 떨어져 대발(대를 엮어서 만든 발) 틈에 발이 빠졌다. 두 발목이 자끈 부러져 피를 흘리고 발발 떨었다. 흥부가 보고 펄쩍 뛰어 달려들어 제비 새끼를 손에 들고 자닝히(애처롭고 불쌍하여 차마 보기 어렵게) 여겨 말한다.

“불쌍하다 이 제비야, 은왕 성탕 은혜 미쳐 금수를 사랑하여 다 길러 내었더니, 이 지경이 되었으니 어찌 아니 가련할까. 여봅소, 아기 어미, 무슨 당사실(중국에서 들여온 명주실) 있소?”

“아이고, 굶기를 부자의 밥 먹듯 하며 무슨 당사실이 있단 말이오.”
하고, 천만의외 실 한 닢 얻어 주니, 흥부가 칠산 조기 껍질을 벗겨 제비 다리를 싸고 실로 찬찬 동여 찬 이슬에 얹어 두니, 십여 일이 지난 뒤 다리 완구(完具)하여(어떤 상태가 완전하여 오래 견딜 수 있게 되어) 제 곳으로 가려 하고 하직한다. 흥부가 비감(悲感, 슬픈 느낌이 있음)하여 말한다.

"먼 길에 잘들 가고 명년 삼월에 다시 보자."

제비 황제, 흥부에게 은혜 갚는 박을 내리다

하니, 저 제비 거동 보소. 양우광풍(揚羽狂風, 거센 바람에 깃털을 나부낌)
몸을 날려 백운을 냉소하고 주야로 날아 강남을 득달(得達, 목적한 곳에 도
달함)하니, 제비 황제가 보고 물어본다.

"너는 무슨 일로 저느냐."

제비 대답한다.

"소신의 부모가 조선에 나가 흥부의 집에다가 득주(得住, 주거지를 얻음)
하고 소신 등 형제를 낳았습니다. 의외 대망의 변을 만나 소신의 형제
다 죽고, 소신이 홀로 아니 죽으려 하여 바르작거리다가 뚝 떨어졌습니
다. 두 발목이 자끈 부러져 피를 흘리고 발발 떨고 있었습니다. 흥부가
여차여차하여 절각(折脚, 부러진 다리)이 의구(依舊, 옛날 그대로 변함이 없음)
하와 이제 돌아왔사오니 그 은혜를 십 분지 일이라도 갚기를 바라나이
다."

제비 황제 하교한다.

"그런 은공을 몰라서는 행세치 못할 금수라. 네 박씨를 갖다 주어 은
혜를 갚으라."

제비 사은하고 박씨를 물고 삼월 삼일이 다다르니, 제비 건공(乾空, 땅
으로부터 그리 높지 않은 허공)에 떠서 여러 날 만에 흥부 집에 이르러 넘놀
적에, 북해 흑룡이 여의주를 물고 채운 간에 넘노는 듯, 단산 채봉이 죽

실(竹實, 대나무 열매)을 물고 오동 상에 넘노는 듯, 춘풍 황앵(黃鶯, 꾀꼬리)이 나비를 물고 세류 변에 넘노는 듯 이리 갸웃 저리 갸웃 넘노는 것을 흥부 아내가 잠깐 보고 낙락하여 말한다.

"여봅소, 지난해 갔던 제비가 무엇을 입에 물고 와서 넘어오네."

이렇듯 말할 때, 제비가 박씨를 흥부 앞에 떨어뜨렸다. 흥부가 집어 보니 한가운데 보은표(報恩瓢)라 금자로 새겨져 있다. 흥부가 말한다.

"수안(隋岸)의 배암(뱀)이 구슬(隋候之珠, 수후가 뱀을 도와준 덕으로 얻었다는 보배로운 구슬)을 물어다가 살린 은혜를 갚았으니, 저도 또한 생각하고 나를 갖다 주니 이것이 또한 보배로다."

흥부 아내가 묻는다.

"그 가운데 누르스름한 것이 아마 금인가 보오."

흥부가 대답한다.

"금은 이제 없나니, 초한 적의 진평(陳平)이가 범아부(范亞夫)를 쫓으려고 황금 사만 근을 흩었으니(진평은 한나라 유방의 신하이고 범아부(범증)는 초나라 항우의 신하. 진평이 황금을 써서 항우와 범증의 사이를 이간질했음) 금은 이제 절종(絶種, 씨가 마름)되었네."

"그러하면 옥인가 보오."

"옥도 이제는 없나니, 곤륜산에 불이 붙어 옥석이 구분(俱焚, 한꺼번에 불에 탐)하였으니 옥도 이제 없네."

"그러하면 야광준가 보오."

"야광주(夜光珠, 어둠 속에서 스스로 빛을 낸다는 구슬)도 이제는 없나니, 제위왕(齊魏王)이 위혜왕(威惠王)의 십이승(十二升, 수레 열두 대) 야광주를 보고 깨어 버렸으니(제나라 위왕과 위나라 혜왕이 각각 나라의 보물을 자랑하는데, 위혜왕은 앞뒤로 열두 대의 수레를 비출 수 있는 야광주를 자랑했고, 제위왕은 자신이 데리고 있는 인재들을 자랑했다는 고사가 있음), 야광주도 이제 없네."

"그러하면 유리 호박인가 보오."

"유리 호박도 이제는 없나니, 주세종(周世宗)이 임장(臨葬, 죽어서 장사 지냄)할 때 당나라 장갈(張碣)이가 술잔을 만드노라고(무덤에 넣는 부장품으로 만든 술잔) 다 들였으니, 유리 호박도 이제 없네."

"그러하면 쇤가 보오."

"쇠도 없나니, 진시황 위엄으로 구주(九州, 온 세상)의 쇠를 모아 금인(金人) 열둘을 만들었으니 쇠도 없네."

"그러하면 대모 산혼가 보오."

"대모 산호도 없나니, 대모갑(代瑁甲, 바다거북의 등껍질)은 병풍이요 산호수는 난간이라. 광리왕(廣利王, 남해 용왕)이 상문(桑門, 사문(沙門)의 전음으로 불문(佛門)을 뜻함)에 수궁 보물을 다 드렸으니 이제는 없네."

"그러하면 무엇인고."

제비가 내달아 말한다.

"건지 연지 내지 조지 부지요(제비 울음소리를 해학적으로 표현한 것)."

흥부가 말한다.

"옳다, 이것이 박씨로다."

날을 보아 동편 처마 담장 아래 심어 두었다. 삼사 일에 순이 나서 마디마디 잎이요, 줄기줄기 꽃이 피어 박 네 통이 열렸다. 고마수영(수영(水營)은 조선 시대에 수군절도사가 있던 군영. 충청도 수군절도사 군영을 고마수영이라고 불렀음) 전선(戰船, 전투에 임하는 배)같이 대동강 상의 당도리(바다로 다니는 큰 목조선)같이 덩그렇게 달렸구나. 흥부가 반갑게 여겨 문자로써 말한다.

"유월에 화락(花落, 꽃이 떨어짐)하니 칠월에 성실(成實, 열매가 맺힘)이라. 대자(大者, 큰 것)는 여항(如缸, 항아리와 같음)하고 소자(작은 것)는 여분(如盆, 동이와 같음)이라. 어찌 아니 좋을까. 여봅소, 비단이 한 끼라(비단을 팔아도 한 끼 먹을 돈 밖에 안 된다는 속담) 하니, 한 통을 따서 속은 지져 먹고 바가지는 팔아 쌀을 팔아다가 밥을 지어 먹어 봅시다."

흥부 아내가 말한다.

"그 박이 유명하니 한로(寒露)를 아주 마쳐 견실커든 따 봅시다."

그달 저달 다 지나가고 팔구월이 다다라서 아주 견실하였으니, 박 한 통을 따 놓고 양주 켠다.

박에서 온갖 보물이 나와 흥부, 부자가 되다

"슬근슬근 톱질이야, 당기어 주소 톱질이야. 북창한월성미파(北窓寒月聲未罷)에 동자박(童子朴)도 가야(可也)로다, 슬근슬근 톱질이야. 당하자손만세평(堂下子孫萬世平)에 세간박도 가야로다, 슬근슬근 톱질이야."

툭 타 놓으니 오운(오색 구름)이 일어나며 청의동자 한 쌍이 나온다. 저동자 거동 보자. 약비봉래환학동(若非蓬萊喚鶴童)이면 필시천태채약동(必是天台採藥童)이라(봉래산에서 학을 부르는 동자가 아니라면 반드시 천태산에서 약초를 캐는 동자로구나). 좌수에 유리반, 우수에 대모반을 눈 위에 높이 들어 재배(두 번 절함)하고 말한다.

"천은병(天恩甁, 천은으로 만든 병. '천은'은 품질이 가장 뛰어난 은)에 넣은 것은 죽은 사람을 살려 내는 환혼주(還魂酒)요, 백옥병에 넣은 것은 소경 눈을 뜨이는 개안주(開眼酒)요, 금잔지(金盞紙)로 봉한 것은 벙어리 말하게 하는 개언초(開言草)요, 대모 접시에는 불로초요, 유리 접시에는 불사약이니, 값으로 의논하면 억만 냥이 넘사오니 매매하여(팔아서) 쓰옵소서."

말을 마치고 간 데 없는지라, 흥부 거동 보자. 얼씨구 절씨구 즐겁다. 세상에 부자 많다 한들 사람 살리는 약이 있을까. 흥부 아내가 말한다.

"우리 집 약계(약국) 배판한(차린) 줄 알고 약 사러 올 이 없고, 아직 효험 빠르기는 밥만 못하오."

흥부가 말한다.

"그러하면 저 통에 밥이 들어 있나 타 봅시다."

또 한 통을 탄다.

"슬근슬근 톱질이야, 우리 가난하기 일읍에 유명하여 주야 서러워하더니, 부지허명(不知許名) 고대 천 냥 일조에 얻었으니 어찌 아니 좋을까. 슬근슬근 톱질이야, 어서 타세 톱질이야."

툭 타 놓으니 온갖 세간이 들어 있으니, 자개함롱 · 반닫이 · 용장(龍欌, 용의 모양을 새긴 옷장) · 봉장(鳳欌, 봉황의 모양을 새겨 꾸민 옷장) · 귀뒤주 · 쇄금들미(자물쇠가 달린) 삼층장 · 게자다리 옷걸이 · 용 그린 빗접고비(빗접을 꽂아 걸어 두는 도구) · 용두머리 장목비 · 놋촛대 · 광명두(등잔걸이) · 요강 · 타구(唾具 · 唾口, 가래나 침을 뱉는 그릇) 벌여 놓는다. 선단이불

(비단이불) 비단요에 원앙금침 잣베개(색색의 헝겊 조각을 조그맣게 고깔로 접어 돌려 가며 꿰매 붙여 마구리의 무늬가 잣 모양으로 되게 만든 베개)를 쌓아 놓고, 사랑 기물 볼 것 같으면 용목 쾌상('용목'은 나뭇결이 불규칙하고 고운 재목, '쾌상'은 문방구를 넣어 두는 세간) · 벼룻집 · 화류(자단나무 목재) 책장 · 가께수리(남자의 세간을 넣어두는 네모진 궤) · 용연벼루(용을 아로새긴 벼루) · 앵무연적(앵무조개 모양의 연적) 벌여 놓고, 천자(천자문) · 유합(類合, 한자 입문서) · 동몽선습(童蒙先習, 조선 중종 때에 박세무가 쓴 어린이 학습서) · 사략(史略, 간략하게 기술한 역사) · 통감(通鑑, 중국 송나라의 사마광이 펴낸 중국의 역사서) · 논어 · 맹자 · 시전 · 소학 · 대학 등 책을 쌓았다. 그 곁에 안경 · 석경(石鏡, 유리로 만든 거울) · 화경(火鏡, 돋보기) · 육칠경(두껍게 옻칠을 한 거울) · 각색 필묵 퇴침(退枕, 서랍이 있는 목침)이 들어 있고, 부엌 기물을 의논컨대 노구쇠(놋쇠와 구리가 혼합된 금속) · 옹곱돌솥 · 왜솥 · 질솥(진흙으로 구워 만든 솥) · 퉁노구(품질이 낮은 놋쇠로 만든 작은 솥) 무쇠 두멍(물을 길어 붓고 쓰는 큰 가마) · 다리쇠(화로 위에 걸치고 다른 그릇을 올려놓는 제구) 받쳐 있고, 왜화기(倭畵器, 그림을 그려 넣은 일본식 사기 그릇) · 당화기(唐畵器, 채화(彩畵)를 그려 넣어 구운 중국의 사기 그릇) · 동래반상(東萊盤床) · 안성유기(安城鍮器) 같은 물건이 찬장에 들어 있다. 함박(통나무의 속을 파서 큰 바가지같이 만든 그릇) · 쪽박이(작은 바가지) · 남박(나무 바가지) · 항아리 · 옹배기(아가리가 쩍 벌어진 아주 작은 질그릇) · 동체 · 깁체(깁으로 만든 고운 체) · 어레미(굵은 체) · 침채(沈菜, 김치의 옛말)독 · 장독 · 가마 · 승교(乘轎, 집 모양의 가마) 등 기물이 꾸역꾸역 나오니, 어찌 아니 좋을까.

　또 한 통을 탄다.

"슬근슬근 톱질이야, 우리 일을 생각하니 엊그제가 꿈이로다. 부지허명 고대 천 냥을 일조에 얻었으니 어찌 아니 즐거우랴. 슬근슬근 톱질이야."

툭 타 놓으니 집 지위(목수의 높임말)와 오곡이 나온다. 명당에 집터를 닦아 안방 · 대청 · 행랑 · 몸채 · 내외 분함 물림퇴 · 살미살창 가로닫이 입 구 자로 지어 놓고, 앞뒤 장원, 마구, 곡간 따위를 좌우에 벌여 짓고, 양지에 방아 걸고 음지에 우물 파고, 울 안에 벌통 놓고 울 밖에 원두 놓고 온갖 곡식 다 들었다. 동편 곡간에 벼 오천 석, 서편 곡간에 쌀 오천 석, 두태(豆太, 콩과 팥) 잡곡 오천 석, 참깨 들깨 각 삼천 석 딴 노적하여 있고, 돈 이십만 구천 냥은 금고 안에 쌓아 두고, 일용전(나날이 쓸 돈) 오백 열 냥은 벽장 안에 넣어 두고 온갖 비단 다 들었다. 모단(毛緞, 중국 우단의 한 가지) · 대단(大緞, 중국에서 나는 비단의 하나) · 이광단, 궁초(宮綃, 엷고 무늬가 둥근 비단의 하나. 흔히 댕기의 감으로 씀) · 숙초(熟綃, 연사(鍊絲)로 얇고 성기게 짠 비단) · 쌍문초(雙紋綃, 중국 비단의 한 가지), 제갈선생 와룡단, 조자룡의 상사단, 뭉게뭉게 운문대단(구름무늬가 있는 중국 비단), 또드락꿉벅 말굽 장단, 대천 바다 자개문 장단, 해 돋았다 일광단(해나 햇빛 무늬를 놓은 비단), 달 돋았다 월광단(달이나 달빛 무늬를 놓은 비단), 요지왕모(서왕모. 중국 신화에 나오는 여신) 천도문(천도복숭아 무늬의 비단), 구십춘광 명주문, 엄동설한 육화문(눈꽃 무늬의 비단), 대접문(대접만큼 크고 둥글게 무늬를 놓아 짠 비단) · 완자문('만(卍)' 자 모양을 이어서 만든 무늬의 비단) · 한단(漢緞, 중국에서 나는 비단의 하나) · 영초단(英綃緞, 중국에서 나는 비단의 하나) 각색 비단 한 필이 들어 있다. 길주 명천 좋은 베, 회령 종성 고운 베, 온갖 베와

한산모시·장성모시·계추리(경상북도에서 나는 삼베의 하나. 삼의 겉껍질을 긁어 버리고 만든 실로 짠다)·황저포(黃紵布, 경상북도에서 나는 삼베의 하나) 등 모든 모시와 고양 화전 이 생원의 맏딸이 보름 만에 마쳐 내는 관대 초세목(관대에서 나는 올이 가는 광목), 송도 야다리목, 강진 내이 황주목, 의성목 한편에 들어 있다. 말매 같은(말처럼 덩치가 큰) 사나이 종과 열쇠 같은(열쇠처럼 아주 작은) 아이 종과 앵무 같은(앵무새처럼 예쁜) 계집종이 나며 들며 사환(심부름)하고, 우걱뿔이(뿔이 안으로 굽은 소)·자빡뿔이(뿔이 뒤로 젖혀진 소)·사족발이(발굽이 흰 말)·달희눈이(눈망울이 큰 말) 우억우억 실어 들여서 앞뜰에도 노적이요, 뒤뜰에도 노적이요, 안방에도 노적이요, 마루에도 노적이요, 부엌에도 노적이요 담불담불 노적이라, 어찌 아니 좋을까.

흥부 아내 좋아라고,

"여봅소, 이녁(당신)이나 내나 옷이 없으니 비단으로 온몸을 감아 봅시다."

덤불 밑에 조그만 박 한 통을 따서 켜려 하니, 흥부 아내가 말한다.

"그 박일랑 켜지 마시오."

흥부가 대답한다.

"내 복에 타인 것이니 켜겠네."

손으로 켜 내니, 어여쁜 계집이 나오며 흥부에게 절을 한다. 흥부가 놀라 묻는다.

"누구라 하시오?"

"내가 비요."

"비라 하니 무슨 비요?"

"양귀비요."

"그러하면 어찌하여 왔소?"

"강남 황제가 나더러 그대의 첩이 되라 하시기에 왔으니 귀히 보소서."

흥부는 좋아하되 흥부 아내가 내색하여 말한다.

"아이고, 저 꼴을 뉘가 볼꼬. 내 언제(과거의 어느 때)부터 켜지 말자 하였지."

이렇듯 호의호식 태평히 지낸다.

놀부, 흥부의 재산에 욕심을 내다

놀부 놈이 흥부의 잘산단 말을 듣고 생각한다. 건너가 이놈을 욱대겼으면(억지를 부려 우겨서 제 마음대로 해냈으면) 반은 나를 주리라 하고 흥부 집에 들어가지 아니하고 문밖에 서서,

"이놈 흥부야."

흥부가 대답하고 나와 놀부의 손을 잡고 말한다.

"형님, 이것이 웬일이오. 형제끼리 내외한다는 말은 불가사문어린국(不可使聞於隣國, 한 가지 사건이 너무 수치스러워 이웃 나라에 알려지게 할 수 없음)이니, 어서 들어갑시다."

놀부 놈이 떨떠름하게 말한다.

"네가 요사이 밤이슬을 맞는다 하는구나."

흥부가 어이없어 말한다

"밤이슬이 무엇이오?"

놀부 놈이 대답한다.

"네가 도적질한다는구나."

흥부가 이른다.

"형님, 이것이 웬 말이오?"

그리고 전후 사연을 일일이 설파한다. 놀부 다 듣고 '그러하면 들어가 보자' 하고 안으로 들이달아 보니 양귀비 나와 뵈니, 놀부가 보고 말한다.

"이것이 웬 부인이냐?"

흥부가 곁에 있다가 대답한다.

"내 첩이오."

"어따 이놈, 네게 웬 첩이 있으리오. 날 다오."

화초장(花草欌, 문짝에 유리를 붙이고 화초 무늬를 채색한 옷장)을 보고,

"저것이 무엇이냐?"

"그게 화초장이오."

"날 다오."

"아이고, 사랑도 아니 뗐소(생각도 안 해 봤소)."

"이놈이, 네 것이 내 것이요, 내 것이 네 것이요, 내 계집이 네 계집이요, 네 계집이 내 계집이라."

"그러하면 종으로 하여금 보내오리다."

"이놈 네게 종이 있단 말이냐. 어서 질빵(짐 따위를 질 수 있도록 어떤 물건

따위에 연결한 줄) 걸어 다오. 내 지고 가마."

"그리하면 그러하오."

질빵 걸어 주니, 놀부 짊어지고 가며 화초장을 생각하며, 화초장 화초장 하며 간다. 개천 건너뛰다가 잊어버리고 생각하길, 간장인가 초장인가 하며 집으로 온다. 놀부 아내가 묻는다.

"그것이 무엇이오?"

"이것 모르겠나?"

"아이고, 모르니 무엇인지."

"분명 모르겠나?"

"저 건너 양반의 집에서 화초장이라 하던데."

"내 언제부터 화초장이라 하였지."

놀부, 제비의 다리를 일부러 부러뜨리다

놀부 놈 거동 보자. 동지섣달부터 제비를 기다린다. 그물 막대 둘러메고 제비를 몰러 갈 때, 한 곳 바라보니 한 짐승이 떠 들어오니 놀부 놈이 보고,

"제비 인제 온다."

하고 보니, 태백산 갈가마귀 차돌도 돌도 바이(전혀) 못 얻어먹고 굶주려 청천에 높이 떠 갈곡갈곡 울고 간다. 놀부 눈을 멀겋게 뜨고 보다가 할 수 없이 동리 집으로 다니면서 제비를 제 집으로 몰아들이되 제비가 아니 온다. 그달 저달 다 지내고 삼월 삼일 다다르니, 강남서 나온 제비

옛집을 찾으려 하고 오락가락 넘놀 적에, 놀부 사면에 제비 집을 지어 놓고 제비를 들이몬다. 그중 팔자 사나운 제비 하나가 놀부 집에 흙을 물어 집을 짓고 알을 낳아 안으려 할 때, 놀부 놈이 주야로 제비집 앞에 대령하여 가끔가끔 만져 본즉, 알이 다 곯고 다만 하나가 깨었다. 날기 공부 힘쓸 때 구렁이가 오지 않으니, 놀부는 민망 답답하여 제 손으로 제비 새끼를 잡아 내려 두 발목을 자끈 부러뜨리고, 제가 깜짝 놀라 이르는 말이,

"가련하다, 이 제비야."

하고 조기 껍질을 얻어 찬찬 동여 뱃놈의 닻줄 감듯 삼층 얼레 연줄 감듯 하여 제 집에 얹어 두었다.

제비 황제, 놀부에게 원수 갚는 박을 내리다

십여 일 후 그 제비 구월 구일을 당하여 두 날개를 펼쳐 강남으로 들어가니, 강남 황제 각처 제비를 점고(명부에 일일이 점을 찍어 가며 사람의 수를 조사함)할 때, 이 제비 다리를 절고 들어와 복지(伏地, 땅에 엎드림)하니, 황제 여러 신하로 하여금 그 연고를 사실(查實, 사실을 조사하여 알아봄)하여 아뢰라 하였다. 제비 아뢴다.

"상년(上年, 지난해)에 웬 박씨를 내어보내어 흥부가 부자 되었다 하여 그 형 놀부 놈이 나를 여차여차하여 절뚝발이 되었사오니, 이 원수를 어찌하여 갚고자 하나이다."

황제 이 말 들으시고 대경하여 말하기를,

"이놈이 제 전답 재물이 유여(裕餘, 모자라지 않고 넉넉함)하되 동기를 모르고 오륜에 벗어난 놈을 그저 두지 못할 것이요, 또한 네 원수를 갚아 주리라."

하고, 박씨 하나를 보수표(報讐瓢)라 금자로 새겨 주었다. 제비 받아 가지고 명년 삼월을 기다려 청천을 무릅쓰고 백운을 박차 날개를 부쳐 높이 떠 높은 봉 낮은 뫼(산)를 넘는다. 깊은 바다 너른 시내며, 개골창 잔돌 바위를 훨훨 넘어 놀부 집을 바라보고 너울너울 넘놀거든, 놀부 놈이 제비를 보고 반길 때, 제비 물었던 박씨를 툭 떨어뜨렸다. 놀부 놈이 집어 보고 낙락하여 뒤 담장 처마 밑에 거름 놓고 심었더니, 사오 일 후에 순이 나서 넝쿨이 뻗어 마디마디 잎이요, 줄기줄기 꽃이 피어 박 십여 통이 열렸다. 놀부 놈이 말한다.

"흥부는 세 통을 가지고 부자 되었으니 나는 장자 될 것이다. 석숭(石崇, 중국의 유명한 부자)을 행랑에 넣고, 옛날 황제를 부러워할 개아들 없다."

그리고 굴지계일(屈指計日, 손가락을 꼽으며 날짜를 기다림)하여 팔구월을 기다린다.

놀부, 박을 타기 시작하다

때를 당하여 박을 켜랴 하고 김 지위, 이 지위, 동리 머슴, 이웃 총각, 건넛집 쌍언청이를 다 청하여 삯을 주고 박을 켤 때, 째보 놈이 한 통의 삯을 정하고 켜자 하니, 놀부 마음에 흐뭇하여 매통에 열 냥씩 정하고 박을 켠다.

"슬근슬근 톱질이야."

힘써 켜고 보니 한 떼 가얏고쟁이(가야금 연주하는 사람) 나오며 말한다.

"우리 놀부 인심이 좋고 풍류를 좋아한다 하기에 놀고 갑니다."

둥덩둥덩 둥덩둥덩 하니, 놀부가 이를 보고 째보를 원망한다.

"톱도 잘 못 당기고, 네 콧소리에 보화가 변하였는가 싶으니 소리를 일체 하지 말라."

째보 삯 받기에 한 말도 못 하고 그리하라 하니, 놀부 일변 돈 백 냥을 주어 보내고, 또 한 통 타고 보니 무수한 노승이 목탁을 두드리며 나와 말한다.

"우리는 강남 황제 원당(願堂, 죽은 사람의 명복을 빌기 위한 법당) 시주승(施主僧, 시주로 돈이나 곡식을 얻으러 다니는 승려)이라."

놀부 놈이 어이없어 돈 오백 냥을 주어 보내니, 째보가

"지금도 내 탓이냐."

하고 이죽거리니 놀부 이 형상을 보고 통분하여 성질에 또 한 통을 타오니, 놀부 아내 말린다.

"제발 덕분에 켜지 마오. 그 박을 켜다가는 패가망신할 것이니 덕분에 마오."

놀부 놈이 말한다.

"소사(小邪, 보잘것없고 성격이 못됨)한 계집년이 무슨 일을 아는 체하여 방정맞게 날뛰는가."

또 켜고 보니, 요령 소리 나며 상제 하나가 나온다.

"어이어이 이보시오 벗님네야, '통' 자 운을 달아 박을 세리라. 헌원씨(軒轅氏, 중국 고대 전설상의 제왕) 배를 무엇 타고 가니 이제 불통코, 대성현(大聖賢, 공자) 칠십 제자가 육례를 능통하니 높고 높은 도통이라. 제갈량의 능통지략 천문을 상통 지리를 달통하기는 한나라 방통(龐統, 중국 삼국시대 촉한의 장수이자 군사. 제갈량과 함께 명성이 높았음)이요, 당나라 굴돌통(屈突通, 당나라 초기의 정치가) 글강(선생이나 시관 또는 웃어른 앞에서 글을 외는 일)의 순통(純通, 경전 시험을 볼 때 가장 우수한 등급)이요, 호반(虎班, 무관의 반열)의 전동통(箭筒通, '전동'은 화살을 담아 두는 통)이요. 강릉 삼척 꿀벌통, 속이 답답 흉복통, 호란(胡亂, 병자호란)의 입식통(立食痛, 서서 먹는 고통), 도감(훈련도감. 조선 후기의 군사 조직) 포수 화약통, 아기 어미 젖통, 다 터진다 놀부의 애통이야. 어서 타라. 이놈 놀부야, 네 상전이 죽었으니, 네 안방을 치우고 제물을 차려라."

아이고 아이고 하니, 놀부 하릴없어 돈 오천 냥을 주어 보내고, 또 한 통을 타고 보니 팔도 무당이 나오며 각색 소리하고 뭉게뭉게 나아온다.

"청유리라 황유리라 화장청랑(化粧靑郎, 곱게 차린 젊은 남자) 서 계신 데 부진각시(무속에서 섬기는 여신의 하나)가 놀으소서. 내 집 성주(집을 지키는 터주신)는 와가성주(瓦家聖主, 기와집의 성주)요, 네 집 성주는 초가성주, 가내마다 걸망성주·오막성주·집동성주가 철철이 놀으소서. 초년 성주 열일곱, 중년 성주 스물일곱, 마지막 성주 쉰일곱, 성주 삼위가 놀으소서."

하며, 또 한 무당 소리하되,

"성황당 뻐꾸기 새야, 너는 어이 우짖나니. 속 빈 고양 남게(나무에) 새

잎 나라 우짖노라. 새잎이 이울어지니 속잎 날까 하노라. 넋이야 넋이
로다. 녹양산전 세만일시(綠楊山前歲晚一時, 녹양산 앞에 한 해가 저물면 일시
에) 영이별 세상하니 정수(定數, 정해진 운수) 없는 길이로다. 이화제석 ·
소함제석 · 제불제천대신 · 몸주벼락대신."

이렇듯 소리하며, 또 한 무당 소리하되,

"바람아 월궁의 달월이로세. 일광의 월광 강신(降神) 마누라, 전물(奠
物, 신불(神佛) 앞에 차려 놓는 음식)로 내리소서. 하루도 열두 시 한 달 서른
날, 일 년 열두 달 과년(夥年, 윤년) 열석 달 백사(百事)를 도와주시옵는 안
광당 국수당 마누라, 개성부 덕물산(德勿山) 최영 장군 마누라, 왕십리
아기씨당 마누라, 고개고개 주좌(住座, 자리에 머물다)하옵신 성황당 마누
라 전물로 내려 주소서."

이렇듯 소리하니, 놀부 이 형상을 보고 식혜 먹은 고양이(죄를 짓고 그
것이 탄로날까 봐 근심하는 마음을 비유적으로 이르는 말) 같았다. 무당들이 장구
통으로 놀부의 흉복을 치며 생난장을 치니, 놀부 울며 말한다.

"이 어인 곡절인지 죄나 알고 죽게 해 주오."

무당들이 말한다.

"다름이 아니라 우리 굿한 값을 내되, 일 푼 여축없이('깔축없이'의 사투
리. 조금도 축나거나 버릴 것이 없이) 오천 냥만 내라."

놀부 할 수 없이 오천 냥을 준 연후에 성즉성 패즉패(成則成 敗則敗, 이
루리라 하면 이루고, 망하리라 하면 망한다)라 하고, 또 한 통을 따 놓고 째보
놈더러 당부한다.

"전 것은 다 헛것이 되었으니, 다시 시비할 개아들 없으니 어서 톱질

시작하자."

놀부의 박에서는 줄줄이 재앙이 쏟아지다

째보가 말한다.

"또 중병 나면 누구에게 떼를 써 보려느냐. 우습게 아들 소리 말고 유복한 놈 데리고 타라."

놀부가 말한다.

"이 용렬한 사람아, 내가 맹서를 하여도 이리 하나? 만일 다시 군말 하거든 내 뺨을 개 뺨 치듯 하소."

우선 선셈 열 냥을 채우니, 째보 그제야 비위 동하여 조랑이(돈 꾸러미)를 받아 수세(收稅, 세전을 거둠)하고 박을 탈새, 놀부 반만 타고 귀를 기울여 눈이 나오도록 들여다보니, 박 속에 금빛이 비치니, 놀부 가장(제일 먼저) 낌새 아는 체하고,

"이애 째보야, 저것 뵈느냐. 이번은 완구한 금독이 나온다. 어서 타고 보자."

하며, 슬근슬근 톱질이야 툭 타 놓고 보니, 만여 명 등짐꾼이 빛 좋은 누른 동(한 덩이로 묶은 묶음)을 지고 꾸역꾸역 나온다.

놀부가 놀라 묻는다.

"그것이 무엇인고."

"경이오."

"경이라 하니 면경(얼굴을 비추어 보는 작은 거울)과 석경(유리로 만든 거울)

이냐 천리경(망원경) 만리경이냐. 그 무슨 경인고."

"요지경(瑤池鏡, 확대경을 장치해 놓고 그 속의 여러 가지 재미있는 그림을 돌리면서 구경하는 장치나 장난감)이오. 얼씨고 절씨고, 요지연(瑤池宴, 신선들의 잔치)을 둘러보소. 이선의 숙향(이선과 숙향은 「숙향전」의 남녀 주인공), 당명황(당나라 현종)의 양귀비요, 항우의 우미인, 여포의 초선이, 팔선녀를 둘러보소. 영양공주 · 난양공주 · 진채봉 · 가춘운 · 심요연 · 백능파 · 계섬월 · 적경홍(소설 「구운몽」에 등장하는 팔선녀) 다 둘러보소."

하며 집을 떠이니(높이 쳐들어 이니), 놀부 하릴없어 돈 오백 냥을 주어 보낸다.

또 한 통을 타고 보니 천여 명 초라니(하회 별신굿 탈놀이에 등장하는 인물의 하나. 양반의 하인으로 행동거지가 가볍고 방정맞다) 일시에 내달아 오두방정을 떤다.

"바람아 바람아, 소소리바람(이른 봄에 살 속으로 스며드는 듯한 차고 매서운 바람)에 불렸는가 동남풍에 불렸는가. 대 자 운을 달아 보자. 하걸(夏桀, 하나라의 마지막 임금인 걸왕)의 경궁요대(瓊宮瑤臺, 옥으로 장식한 궁전과 누대(樓臺)라는 뜻으로, 호화로운 궁전을 이르는 말), 달기(妲己, 중국 상(商)나라 마지막 왕인 주왕의 애첩)로 희롱하던 상주(商周, 상나라와 주나라) 적 녹대(鹿臺, 상나라 주왕이 재물을 모아두던 곳) 올라가니, 멀고 먼 봉황대(鳳凰臺, 중국 금릉에 지어진 누대. 이백이 시를 지어 유명함), 보기 좋은 고소대(姑蘇臺, 중국 춘추 시대에 오나라의 왕 부차(夫差)가 쌓은 누대. 부차는 월나라를 무찌르고 얻은 미인 서시(西施) 등 천여 명의 미녀를 이곳에 살게 하였다고 함), 만세무궁 춘당대(春塘臺, 창경궁(昌慶宮) 안에 있는 대), 금군마병(禁軍馬兵, 궁궐의 친위병 중 기마병을 말함) 오마

대(五馬臺, 고려 공민왕이 홍건적을 피해 안동에 이르러 성을 쌓았는데, 말 다섯 마리가 오갈 수 있을 만큼 크고 넓었다고 해서 붙여진 이름), 한무제 백양대(柏梁臺, 한나라 무제가 지은 누대. 들보의 재목으로 향나무를 썼다고 해서 붙여진 이름), 조조의 동작대(銅雀臺, 조조가 지은 누대. 구리로 만든 봉황으로 지붕 위를 장식한 데서 붙여진 이름), 천 대·만 대·저 대·이 대 온갖 대라. 본대 익은 면대(대면)로세. 대대야."

일시에 내달으며 달려들어 놀부를 덜미잡이하여 가로 떨어치니, 놀부 거꾸로 떨어져,

"아이고 아이고, 초라니 형님, 이것이 어인 일이오. 생사람을 병신 만들지 말고 분부하면 하라는 대로 하겠소."

하고 손이 발이 되도록 비니, 초라니가 말한다.

"이놈, 목숨이 귀하냐 돈이 귀하냐. 네 명을 보전하려거든 돈 오천 냥만 내어라."

놀부 생각하되 일이 도무지 틀렸으니 앙탈하여 쓸데없다 하고 돈 오천 냥을 내어 주며,

"앞 통 속을 자세히 알거든 일러 달라."

하니, 초라니가 대답하길,

"우리는 각통이라 자세치 못하거니와, 어느 통인지 분명히 생금(生金, 캐낸 그대로의 금) 독이 들었으니 도모지(이러니저러니 할 것 없이) 타고 보라."

하고 흔적 없이 갔다.

박 속에서 양반들이 몰려나와 돈을 받아 가다

놀부 이 말을 듣고 허욕이 북받쳐 동산으로 치달아 박 한 통을 따다가 켜려 한다. 째보 가장 위로하는 체하고 말한다.

"이 사람아, 그만 켜소. 다 그러할까마는 돈을 들이고 자네 매 맞는 양을 보니, 내가 아니 타겠네. 그만 쉬어 사오 일 후에 또 타 보세."

놀부가 말한다.

"아무렴 오죽할까, 아직도 돈냥이 있으니 또 그럴 양으로 마저 타고 보자."

하고 타려 할 때 째보가 말한다.

"자네 마음이 그러하니 굳이 말리지 못하거니와, 이번 박 타는 삯도 먼저 내어 오시오."

놀부 또 열 냥을 선급하고 한참을 타다가 귀를 기울여 들으니, 사람의 숙덕거리는 소리 난다. 놀부 이 소리를 듣고 가슴이 끔찍하여 미어지는 듯 숨이 차 헐떡헐떡이다가 한마디 소리 지르고 자빠지니, 째보가 말한다.

"그 무엇을 보고 이다지 놀라는가."

놀부가 말한다.

"자네는 귀가 먹었는가, 이 소리를 못 듣는가. 또 자박이(자배기. 둥글넓적하고 아가리가 쩍 벌어진 질그릇)만 한 일이 벌어졌네. 이 박은 그만둘밖에 할 수 없네."

박 속에서 호령하는 말이 들린다.

"이놈 놀부야, 그만둔단 말이 무슨 말인고. 바삐 타라."

놀부 하릴없이 마저 타니, 양반 천여 명이 말총 망태(망태기. 새끼나 노로 엮어 만든 그릇)를 쓰고 우그럭 벙거지 쓴 놈을 데리고 나오면서 각각 풍월을 한다. 서남협구(西南峽口) 무산벽(巫山壁)하니 대강(大江)이 번란신 예연(翻瀾神曳烟)을, 추강(秋江)이 적막어룡냉(寂寞魚龍冷)하니 인재서풍중선루(人在西風仲宣樓)라. 혹 대학도 읽으며, 혹 맹자도 읽으며 이렇듯 집을 뒤진다. 놀부 이 형상을 보고 빼려 하니, 양반이 호령한다.

"하인 없느냐, 저놈이 끝을 내려 하니 바삐 옭아매라."

여러 하인이 달려들어 열 손가락을 벌려다가 팔매 뺨을 눈에 불이 번쩍 나도록 치며, 덜미 잡고 오둠지 진상하여(상투나 멱살을 잡아 번쩍 들어 올려) 꿇리니, 양반이 분부한다.

"네 그놈의 대가리를 빼어 밑구멍에 박으라. 네 달아나면 면할까. 바람개비라 하늘로 오르며, 두더지라 땅으로 들까. 상전을 모르고 거만하니, 저런 놈은 사매(권력이 있는 자가 사사로이 사람을 때리는 매)로 쳐 죽이리라."

놀부 빌면서 말한다.

"과연 몰랐사오니 생원님 덕분에 살려 주십시오."

양반이 하인을 불러 농을 열고 문서를 주섬주섬 내어놓고 말한다.

"네 이 문서를 보라. 삼대가 우리 종이로다. 오늘에야 너를 찾았으니, 네 속량(贖良, 조선 시대 노비에게 대가를 받고 풀어 주던 제도)을 하든지 연년이 공을 하든지(공물을 바치든지) 작정하고 그렇지 아니하거든 너를 잡아다가 부리리라."

놀부가 여쭙는다.

"소인이 과연 잔속(세세한 속 내용)을 몰랐사오니, 속량을 할진대 얼마나 하리이까."

양반이 말한다.

"어찌 과히 할까. 오천 냥만 바치고 문서를 찾아가라."

놀부 즉시 고(庫) 문을 열고 오천 냥을 내어 주었다. 이때 놀부 계집이 이 말을 듣고 땅을 두드리며 울고 말한다.

"아이고 아이고, 원수의 박이네. 난데없는 상전이라고 곡절 없는 속량은 무슨 일인고. 이만 냥 돈을 이름 없이 풀 쑤었으니(헛되이 되어 버렸으니), 나의 못할 노릇 그만하오."

놀부가 말한다.

"에라, 이년 물렀거라, 또 일이 틀리겠다. 이번 돈 들인 것은 아깝지 아니하다. 상전을 두고야 살 수 있느냐. 종용한(조용한) 판에 아는 듯 모르는 듯 잘 때어 빠졌다(아궁이에 불을 넣듯이 '화를 돋우고 있다'는 뜻)."

놀부, 논문서와 밭문서까지 빼앗기다

또 동산에 올라가서 살펴보니, 수 통 박이 아직도 무수하였다. 한 통을 따다 놓고 타려 하니, 째보가 말한다.

"이번은 선셈을 아니 하려나. 일은 일대로 할 것이니 삯을 내어 오소."

놀부 이놈의 외수(外數, 속임수)에 들어 돈 열 냥을 주며 말한다.

"자네도 보거니와 공연히 매만 맞고 생돈을 들이니 그 아니 원통한

가. 이번부터는 두 통에 열 냥씩 정하세."

째보 허락하고 박을 반만 타다가 귀를 기울여 들으니 소고(小鼓, 작은 북) 치는 소리가 들린다. 놀부가 말한다.

"째보야, 이를 또 어찌하잔 말이냐?"

째보가 말한다.

"이왕 시작한 것이니 어서 타고 구경하세. 슬근슬근 톱질이야."

툭 타 놓고 보니, 만여 명 사당거사(寺黨居士, 사당패에서 노래와 춤을 팔던 여자와 남자) 뭉게뭉게 나오며 소고를 치며 다 각각 소리한다.

"오동추야 달 밝은 밤에 임 생각이 새로워라. 임도 나를 생각하는가."

혹 방아타령, 혹 정주(定住, 주거지를 정함)타령, 혹 유산가, 달거리 등 타령, 혹 춘면곡(春眠曲), 권주가 등 온갖 가사(歌辭)를 부르며 거사 놈은 노망태(종이, 노끈, 가는 새끼 따위로 엮어서 만든 망태기), 평량자(패랭이), 길짐 거사('길짐'은 한길 가에 사는 백성들이 서로 번갈아 가면서 나르던 관가의 짐) 길을 인도하고, 번개 소고 번득이고 긴 염불 짧은 염불 하며 나오면서 일변 놀부의 사족을 뜨며 허영가래(행가래)를 치니, 놀부 오장이 나올 듯하여 살고 싶다 애걸하니, 사당거사들이 말한다.

"네 명을 지탱하려 하거든 논문서와 밭문서를 죄죄 내어 오라."

놀부 견딜 수 없어 전답 문서를 주어 보낸다.

박에서 왈짜들이 쏟아져 나오다

째보가 말한다.

"나도 집에 볼 일 많으니 늦잡죄지(뒤늦게 독촉하지) 말고 어서 따 오소. 종말에 설마 좋은 일이 없을까."

놀부 또 비위 동하여 박을 따다가 타고 보니 만여 명 왈짜(왈패)들이 나오되, 누구누구 나오던가. 이죽이·저죽이·난죽이·홧죽이·모죽이·바금이·딱정이·거절이·군평이·털평이·태평이·여숙이·무숙이·팥껍질·나돌몽이·쥐어 부딪치기·난장 몽둥이·아귀쇠·악착이·모로기·변통이·구변이·광면이·잣박쇠·믿음이·섭섭이·든든이, 우리 몽술이 아들놈이 휘몰아 나와 차례로 앉고, 놀부를 잡아내어 참바(삼이나 칡 따위로 세 가닥을 지어 굵게 꼰 줄)로 찬찬 동여 나무에 거꾸로 달고 집장(執杖, 곤장을 잡음)질하는 놈으로 팔 갈아 가며 심심치 않게 족치며 왈짜들이 공론한다.

"우리 통문(여러 사람의 성명을 적어 차례로 돌려 보는, 통지하는 문서) 없이 이같이 모임이 쉽지 아니한 일이니, 놀부 놈은 종차 발길(속에 있는 것이 드러나도록 헤쳐 발릴) 양으로 실컷 놀다가 헤어짐이 어떠하오."

여러 왈짜들이 좋다 하고 좌정한 후, 털평이 대장 자리에 앉아 말한다.

"우리 잘하나 못하나 단가(短歌, 시조) 하나씩 부디 이어 보세. 만일 개구(開口, 입을 열어 말을 함) 못 하는 친구 있거든 떡메질하옵세."

공론을 돌리고 털평이 비두(鼻頭, 코끝)로 소리를 내어 부른다.

"새벽 비 일갠(일찍 갠) 후에 일와세라(일어나라), 아이들아. 뒷산에 고사리가 하마('벌써'의 사투리) 아니 자랐으랴. 오늘은 일찍 꺾어 오너라. 새 술 안주 하여 보자."

또 무숙이 하나 한다.

"공변된(사사롭지 않고 정당하여 치우침이 없다) 천하 없을 힘으로 어이 얻을손가. 진(秦나라) 궁실 불지름도 오히려 무도하거든, 하물며 의제(항우에게 옹립되었다가 살해된 초나라의 왕)를 죽이자는 말인가."

또 군평이 뜨더귀(조각조각으로 뜯어낸 조각) 시조를 한다.

"사랑인들 임마다 하며, 이별인들 다 서러울까. 임진강 대동수를 황릉묘(黃陵廟, 순 임금의 두 비인 아황과 여영의 사당)에 두견이 운다. 동자야, 네 선생이 오거든 조리박 장사 못 얻으리."

또 팥껍질이 풍 자 운을 단다.

"만국병전초목풍(萬國兵前草木風) 취적가성낙원풍(吹笛歌聲落遠風), 일지홍도 낙만풍, 제갈량의 동남풍, 어린아이 만경풍(慢驚風), 늙은 영감 변두풍(邊頭風), 왜풍·광풍·청풍·양풍, 허다한 풍 자 어찌 다 달리."

또 바금이 사 자 운을 단다.

"한식동풍어류사(寒食東風御柳斜), 원상한산석경사(遠上寒山石徑斜), 도연명(陶淵明)의 귀거래사(歸去來辭), 이태백(李太白)의 죽지사(竹枝詞), 굴삼려(屈三閭)의 어부사(漁夫辭), 양소유(楊少遊)의 양류사(楊柳詞), 그린 상사, 불사이자사(不思而自思), 이 사 저 사 무수한 사 자로다."

또 쥐어 부딪치기 년 자 운을 단다.

"적막강산금백년(寂寞江山今百年), 강남풍월한다년(江南風月恨多年), 우락중분비백년(憂樂中分非百年), 인생부득항소년(人生不得恒少年), 일장여소년(日長如少年), 한진부지년(寒盡不知年), 금년(今年)·거년(去年)·천년·만년·억만년이로다."

또 나돌몽이 인 자 운을 다니,

"양류청청도수인(楊柳靑靑渡水人), 양화수쇄도강인(楊花愁殺渡江人), 편삽수유소일인(遍揷茱萸少一人), 서출양관무고인(西出陽關無故人), 역력사상인(歷歷沙上人), 강청월근인(江淸月近人), 귀인(貴人, 귀한 사람) · 천인(賤人, 천한 사람) · 만물지중(萬物之中) 유인(惟人) 최귀(最貴)로다."

아귀쇠 절 자 운을 단다.

"꽃 피었다 춘절, 잎 피었다 하절, 황국(黃菊) 단풍 추절, 수락석출(水落石出, 물이 빠지고 나니 돌이 드러난다)하니 동절. 정절 · 충절 · 마디 절 하니 절의(節義)로다."

또 악착이 덕 자 운을 다니,

"세상에 사람이 되어 나서 덕이 없이 무엇할까. 영화롭다 자손의 덕, 충효전가(忠孝傳家, 충성과 효성으로 가문을 이어 감) 조상의 덕, 교인화식(敎人火食, 불로 음식을 조리하는 방법을 가르침) 수인씨(燧人氏) 덕, 용병간과(用兵干戈, 군사와 무기를 쓰는 법) 헌원씨(軒轅氏) 덕, 상백제중(桑白濟衆, 뽕나무 뿌리의 속껍질을 약재로 써서 모든 사람을 구제함) 신농씨(神農氏, 농업과 의약의 신) 덕, 시획팔괘(始劃八卦, 팔괘를 처음으로 그림) 복희씨(伏羲氏) 덕, 삼국 성주 유현덕(유비), 촉국 명장 장익덕(張益德, 장비), 난세 간웅 조맹덕(曹孟德, 조조), 위의 명장 방덕(龐德), 당태종의 울지경덕(尉遲敬德), 이 덕 저 덕이 많건마는 큰 덕 자가 덕이로다."

또 떠죽이 연 자 운을 단다.

"황운새북의 무인연(黃雲塞北無人煙, 누런 먼지 구름 일어나는 북쪽 변방엔 사람도 밥 짓는 연기도 없고), 궁류저수삼월연(宮柳底垂三月煙, 궁궐의 버들 낮게 드리운 곳에 삼월의 안개 자욱하고), 장안성중의 월여련(長安城中月如練, 장안성 안에 달빛은 명주처럼 희구나), 내 연자가 이쁜인가."

또 변통이 질 자 운을 모은다.

"삼국풍진(三國風塵, 세 나라가 싸우는 전쟁통)에 싸움질, 오월염천(五月炎天, 음력 오월의 무더위)에 선자(扇子, 부채)질, 세우강변(가는 비가 내리는 강변) 낚시질, 만첩청산 도끼질, 낙목공산(落木空山, 나뭇잎 떨어진 빈 산) 갈퀴질, 술 먹은 놈의 주정질, 마누라님 물레질, 며늘아기 바느질, 좀영감은 잔 말질, 사군(使君, 나라의 사절로 오거나 간 사람을 높이어 일컫던 말) 영감 몽둥이 질이라."

또 구변이 기 자 운을 단다.

"곱장이(곱사등이) 복장 차기, 아이 밴 계집의 배때기 차기, 옹기장수 의 작대기 차기, 불 붙는 데 키질하기, 해산한 데 개 잡기, 역신(疫神)하 는(천연두를 앓는) 데 울타리 밑에 말뚝 박기, 서로 싸우는 데 그놈의 허리 띠 끊고 달아나기, 달음질하는 데 발 내밀기라."

왈짜들이 서로 사는 곳과 성씨를 묻다

이렇듯 돌린 후에 차례로 거주(居住)를 물을 때,
"저기 저분은 어디 계시오?"
하니, 한 놈이 대답하길,
"내 집은 왕골이오."
하니, 그중 군평이 새김질은 소 아래턱이 아니면 옴니(어금니) 자식이라
말한다.

"계(거기, 당신)가 왕골 산다 하니, 임금 왕 자 골이니 동관대궐(예전에 창덕궁을 달리 이르던 말) 앞 사시오."

"또 저분은 어디 계시오?"

한 놈이 대답하길,

"나는 하늘골 사오."

군평이 말한다.

"사직이란 마을이 하늘을 위한 마을이니, 사직골 사시오."

"또 저분은 어디 계시오?"

한 놈이 말한다.

"나는 문안 문밖 사오."

군평이 말한다.

"문안 문밖 산다 하니 대문 안 중문 밖이니 행랑어멈 자식이로다."

"또 저분은 어디 계시오?"

한 놈이 대답한다.

"나는 문안 사오."

군평이 말한다.

"그는 알지 못하겠소. 문안은 다 그대의 집인가?"

그놈이 말한다.

"우리 집 방문 안 산다는 말이오."

"또 저분은 어디 계시오?"

한 놈이 대답하길,

"나는 휘뚜루목골 사오."

군평이 말한다.

"내가 새김질을 잘하되 그 골 이름은 처음 듣는 말이오."

그놈이 말한다.

"나는 집 없이 되는대로 휘뚜루(휘돌아) 다니기에 할 말 없어 내 의사로 한 말이오."

군평이 말한다.

"바닥 셋째 앉은 분은 성자(姓字, 성씨를 나타내는 글자)를 뉘라 하시오?"

한 놈이 대답한다.

"나무 둘이 씨름하는 성이오."

군평이 말한다.

"목(木) 자 둘을 겹으로 붙이니, 수풀 림(林) 자 임 서방이오."

"또 저분은 뉘라 하시오?"

한 놈이 대답하길,

"내 성은 목도기(목침(나무로 만든 베개)'의 사투리)에 갓 쓰인 자요."

군평이 말한다.

"갓머리(宀) 안에 나무 목(木) 하였으니, 나라 송(宋) 자 송 서방이오."

"또 저분은 뉘라 하시오?"

한 놈이 대답하길,

"내 성은 계수나무란 목(木) 자 아래 만승천자란 자(子) 자를 받친 오얏리(李) 자 이 서방이오."

"또 저분은 뉘라 하시오?"

한 놈이 원간('워낙'의 사투리) 무식한 놈이라 함부로 말한다.

"내 성은 난장 몽둥이('난장'은 옛날에 신체의 부위를 가리지 아니하고 마구 매로 치던 고문. 난장 몽둥이는 난장을 때릴 때 쓰던 몽둥이)란 나무 목(木) 자 아래 발 긴 역적의 아들, 누렁 소 아들, 검정 개 아들이란 아들 자(子) 받침 복숭아 리(李) 자 이 서방이오."

"또 저분은 뉘라 하시오?"

한 놈이 답한다.

"내 성은 뫼 산(山) 자 넷이 사면으로 두른 성이오."

군평이 가만히 새겨 말한다.

"뫼 산 자 넷이 둘렀으니 밭 전(田) 자 전 서방인가 보오."

"또 저분은 뉘라 하오?"

한 놈의 성은 배가라. 정신이 헐하기로(대수롭지 아니하거나 만만하기로) 주머니에 배를 사 넣고 다니더니, 성을 묻는 양을 보고 우선 주머니를 열고 배를 찾되 배가 없는지라, 기가 막혀 꼭지를 치며

"나는 원수의 성으로 망하겠다. 이번도 뉘 아들놈이 남의 성을 내어 먹었구나. 생후에 성을 잃어버린 것이 돈만 팔 푼, 열여덟 푼어치나 되니, 가뜩한(그러지 않아도 어려운) 형세에 성을 장만하기에 망하겠다."

하고는 부리나케 주머니를 뒤진다. 군평이 말한다.

"게 성을 물은즉, 팔결에 주머니를 왜 만지시오?"

그놈이 말한다.

"남의 잔속일랑 모르고 답답한 말 마시오. 내 성은 먹는 성이올세."

하며 구석구석 찾으니 배 꼭지만 남았는지라 가장 무안하고 위급하여 배 꼭지를 내어 들고 말한다.

"하면 그렇지, 제 어디로 가리오?"

"성 나머지 보시오."

하니, 군평이 말한다.

"친구의 성이 꼭지 서방인가 보오."

"그놈의 말이 옳소. 과연 아는 말이올세."

"또 저분은 뉘라 하시오."

한 놈이 말한다.

"내 성은 안강자손(安康子孫, 자손이 편하고 건강함)하다는 안 자에 부어 터져 죽었다는 부 자에 난장 몽둥이란 동 자를 합한 안부동이라 하오."

"또 저분은 뉘시오?"

한 놈이 답한다.

"내 성은 쇠 금(金) 자를 열대여섯 쓰오."

군평이 새겨 보고 말한다.

"쇠가 열이니 김 자 하나를 떼어 성을 만들고, 나머지 쇠가 아홉이니, 부딪치면 덜렁덜렁할 듯하니 합하면 김덜렁쇠요."

"또 저분은 뉘시오?"

한 놈이 손을 불끈 쥐고 말한다.

"내 성명은 이러하오."

군평이 새겨 보고 말한다.

"성은 주 가요, 명은 먹인가 보오."

"또 저분은 뉘라 하오?"

한 놈이 손을 길길이 펴 보이니, 군평이 새겨 말한다.

"손을 펴 뵈니 성은 손이요, 명은 가락인가 보오."

"저분은 뉘라 하시오?"

한 놈이 답한다.

"내 성명은 한가지요."

떠죽이 말한다.

"저기 저분 성명과 같단 말이오?"

그놈이 말한다.

"어찌 알고 하는 말이오? 내 성은 한이요, 이름은 가지란 말이올세."

"또 친구의 성은 뉘라 하오?"

한 놈이 답한다.

"나는 난장 몽둥이의 아들놈이오."

"또 저분은 뉘시오?"

한 놈이 하는 말이,

"나도 기요."

부딪치기 내달아 히히 웃고 말한다.

"게도 난장 몽둥이와 같단 말인 게요?"

그놈이 하는 말이,

"이 양반아, 이것이 우스운 체요, 짓궂은 체요, 말 잘하는 체요, 누구를 욕하는 말이오? 성명을 바로 일러도 모르겠나? 각각 뜯어 일러야 알겠습네? 성은 나 가요, 이름은 도기라 하옵네."

"또 저분은 뉘라 하오?"

한 놈이 말한다.

"내 성명은 이 털 저 털 괴털(고양이털) 쇠털 말털 시금털털하는 털 자에, 보보 보 자 합하면 털보란 사람이올세."

"또 저분은 뉘시오?"

한 놈이 답한다.

"좋지 아니하오."

거절이 내달아 말한다.

"성명을 물은즉 좋지 아니하단 말이 어쩐 말이오?"

그놈이 하는 말이,

"내 성은 조요, 이름은 치안이올세."

군집이 내달아 묻는다.

"저기 저분은 무슨 생(生)이오?"

한 놈이 답한다.

"나는 헌 누더기 입고 덤불로 나오던 생이오."

떠죽이 새겨 말한다.

"헌 옷 입고 가시덤불 나올 적에 오죽이 미어졌겠소. 무인생(戊寅生)인가."

"또 저 친구는 무슨 생이오?"

한 놈이 답한다.

"나는 대가리에 종기 나던 해에 났소."

군평이 말한다.

"머리에 종기 났으면 병을 썼으니 병인생(丙寅生)인가."

또 한 놈이 말한다.

"나는 등창 나던 해요."

군집이 새긴다.

"병을 등에 짊어졌으니 병진생(丙辰生)인가 보오."

또 한 놈이 내달아 말한다.

"나는 발 새에 종기 나던 생이요."

쥐어 부딪치기 말한다.

"병을 신었으니 병신생(丙申生)인가."

또 한 놈이 대답한다.

"나는 햅쌀 머리에 난 놈이오."

나돌몽이 말한다.

"햅쌀 머리에 났으니 신미생(辛未生)인가."

또 한 놈이 말한다.

"나는 장에 가서 송아지 팔고 오던 날이오."

수쇠 내달아 단단히 웃고 말한다.

"장에 가 소를 팔았으면 값을 받아 지고 왔을 것이니 갑진생(甲辰生)인가 보오."

이렇듯 지껄이다가 그중에 한 왈짜가 내달아 말한다.

"그렇지 아니하다. 놀부 놈을 어서 내어 발기자."

여러 왈짜 대답한다.

"우리가 수작하느라고 이때까지 두었지 벌써 찢을 놈이니라."

악착이 내달아서

"그 말이 옳다."

하고, 놀부를 잡아들여 찢고 차고 굴리며, 주무르고 잡아 뜯고 사주뢰(私周牢, '사주리'의 원말. 개인이 사사로이 주리를 틀던 형벌)를 하며, 휘추리(가늘고 긴 나뭇가지)로 후리며 다리 사북('사폭(남자의 한복 바지의 허리와 마루폭 사이에 잇대어 붙이는 네 쪽의 헝겊)'의 사투리)을 도지게(매우 심하고 호되게) 틀며, 복숭아뼈를 두드리며 용심지(실·종이·헝겊의 오라기를 꼬아 기름이나 밀을 묻혀 초 대신으로 불을 켜는 물건)를 하여 발샅(발가락과 발가락의 사이)을 단근질(불에 달군 쇠로 몸을 지지는 일)하여 여러 가지 형벌로 쉴 사이 없이 갈라 틀어 가며 족치니, 놀부 입으로 토혈하며(피를 토하며) 여러 해 묵은 똥을 싸고 세치 네치를 부르며(정신이 없어 횡설수설하며) 애걸하니, 여러 왈짜 한 번씩 두드리고 분부한다.

"이놈 들으라. 우리가 금강산 구경 가다가 노자(路資, 먼 길을 오가는 데 드는 비용. 여비)가 핍절(乏絕, 공급이 끊어져 아주 없어짐)하였으니, 돈 오천 냥만 내어 와야지, 만일 그러하지 아니하면 절명(絕命, 목숨이 끊어짐)을 시키리라."

그러니 놀부가 오천 냥을 주었다.

놀부, 무일푼이 되었어도 계속해서 박을 타다

놀부 사족을 쓰지 못하여 혼백이 떨어졌으나, 종시 박 탈 마음이 있다. 기엄기엄 동산에 올라가서 박 한 통을 따다가 힘을 다하여 타고 보니, 팔도 소경이 뭉치어 여러 만 동(수만 개의 묶음)의 막대를 흩어 짚고 인물을 구기며(얼굴을 일그러뜨리며) 내달아,

"놀부야, 이놈. 날까 길까. 네 어디로 가겠느냐. 너를 잡으려고 안남산 · 밖남산 · 무계동 · 쌍계동으로 면면촌촌 방방곡곡이 두루 편답하더니(이곳저곳 널리 돌아다니더니), 오늘날 이에서 만났다."

하고 되는대로 휘두들기니, 놀부 살고 싶다 애걸한다. 소경들이 북을 두드리며 소리하여 경을 읽는다.

"천수천안 관자재보살 광대원만무애대비심 신묘장구대다라니왈 나무라 다라다라야, 남막알약 바로기제 사바라야아 사토바야 지리지리 지지리 도로도로 모자모자야 이시성조 원시천존(原始天尊, 도교에서 가장 높은 신) 재옥청성경 태상노군(太上老君, 노자) 태청성경 나후설군 개도성군 삼라만상 이십팔숙성군 동방목제성군 남방화제성군 서방금제성군 북방수제성군 삼십육등신선, 연직(年直) · 월직(月直) · 일직(日直) · 시직(時直) 사자(使者, 연월일시에 맞추어 죽은 사람을 저승으로 잡아간다는 귀신들), 태을성군(太乙星君, 태을성을 관장하는 도교의 신) 놀부 놈을 급살방양탕으로 갖초 점지하옵소서. 급급여율령 사바하(도교의 주문에 나오는 표현)."

이렇듯 경을 읽은 후에, 놀부더러 경 읽은 값을 내라 하고 집 안을 뒤집는다. 놀부 하릴없이 오천 냥을 주고 생각하길, 집 안에 돈 일 푼이 없이 탕진하였는지라. '이를 어찌하자 하느니' 하면서도 동산으로 올라가서 또 왜골의(외진 골짜기의) 박 한 통을 따 가지고 내려온다.

놀부, 장비에게 혼이 나다

놀부가 째보를 달랜다.

"이번 박은 겉으로 봐도 하 유명하니 바삐 타고 구경하세."

타다가 귀를 기울여 들으니, 우레 같은 소리 진동하며 비로다 비로다 한다. 놀부 어찌할 줄 모르고 박 타기를 머무르니, 박 속에서 또 불러 이른다.

"무슨 거래(去來, 일이 일어나는 대로 아랫사람이 윗사람에게 알리는 일)를 이렇게 하는가? 비로다."

놀부 더욱 겁을 내어 하는 말이,

"비라 하니 무슨 비온지. 당명황의 양귀비오니이까, 창오산(蒼梧山, 중국의 산 이름. 순 임금이 죽은 곳) 이비(二妃, 순 임금의 두 왕비)니까. 위선(우선) 존호(남을 높여 부르는 칭호)를 알고 싶습니다."

박 속에서 말한다.

"나는 유현덕의 아우 거기장군(車騎將軍, 중국 한나라 때의 무관 벼슬) 장비로다."

놀부 이 소리를 들으니 정신이 아득하여 말한다.

"째보야, 이 일을 어찌하잔 말인고. 이번은 바칠 돈도 없고 하릴없이 너도 나도 죽는 수밖엔 없다."

째보 놈이 말한다.

"이 사람아, 그 어인 말인고. 나는 무슨 탓으로 죽는단 말인가. 다시 그런 말 하다가는 내 손에 급살탕(갑자기 닥치는 재난이나 재앙)을 먹을 것이니, 그런 미친놈의 소리는 말고 타던 박이나 타세. 장군이 나오시거든 빌어나 보소."

놀부는 어쩔 수 없어 마지못해 마저 타고 보니, 한 장수 나오되 얼굴은 검고 구레나룻을 거스르고 고리눈(동그랗게 생긴 눈)을 부릅뜨고, 봉 그린 투구에 용린갑(龍鱗甲, 용의 비늘 모양으로 미늘을 달아 만든 갑옷)을 입고 장팔사모(丈八蛇矛, 『삼국지연의』에서 장비가 사용했다는 무기. '사모'는 날 부분이 뱀처럼 구부러진 창의 일종)를 들고 내닫는다.

"이놈 놀부야, 네 세상에 나서 부모에게 불효하고 형제 불화할뿐더러 여러 가지 죄악이 많기로 천도가 무심치 아니하여 나로 하여금 너를 죽여 없이하라 하시기로 왔거니와, 너 같은 잔명(얼마 남지 않은 목숨)을 죽여 쓸데없으니 대저(大抵, 대체로 보아서) 견디어 보아라."

엄파(쇠자루 끝에 쇠뭉치가 달린 무기. 철퇴) 같은 손으로 놀부를 움켜 잡아 끌고 헛간으로 들어가 호령한다. 멍석을 내어 펴라 하니, 놀부 벌벌 떨며 멍석을 펴니, 장비 벌거벗고 멍석에 엎드려 분부한다.

"이놈, 주먹을 쥐어 내 다리를 치라."

놀부 진력하여 다리를 치다가 팔이 지쳐 애걸하니 장비 호령한다.

"이놈, 잡말 말고 기어올라 발길로 내 등을 찧어라."

놀부 그 등을 쳐다본즉 천만 장(丈)이나 하니, 빌면서 말한다.

"등에 올라가다가 만일 미끄러져 낙상하면, 이후에 빌어먹을 길도 없으니 덕분에 살고 싶소."

장비가 호령한다.

"정 올라가기 어렵거든 사닥다리를 놓고 못 올라가겠느냐?"

놀부 마지못해 죽을 뻔 살 뻔 올라가서 발로 한참을 치더니, 또 다리가 지쳐 꿈쩍할 길 없다. 또 애걸하니 장비 호령한다.

"그러하면 잠깐 내려앉아 담배 한 대만 먹고 오르라."

놀부 기어내리다가 미끄러져 모퉁이로 떨어져 뺨이 사태 나고, 다리 접질려 혀를 빠뜨리고 엎드려 애걸한다. 장비 이를 보고 어이없어 일어나 앉아 말한다.

"너를 십분(아주 충분히) 용서하고 가노라."

거지꼴이 된 놀부, 뻔뻔하게 흥부 집으로 가다

놀부 생급살을 맞고도 동산으로 올라가서 박 한 통을 따 가지고 내려와서 말한다.

"째보야, 이 박을 타고 보자."

째보 생각하길 낌새를 본즉 탈 박도 없고 날찍(일한 결과로 생기는 이익)이 없기에, 소피하러 감을 핑계하고 밖으로 뺀다. 놀부 하릴없어 종을 데리고 박을 켜고 보니, 아무것도 없고 박 속이 먹음직하다. 국을 끓여 맛을 보고는 말한다.

"이런 국 맛은 본 바 처음이로다."

당동당동하다가 미쳐서 또 집 위에 올라가 보니, 박 한 통이 있는데 빛이 누르고 불빛 같았다. 놀부가 비위 동하여 따 가지고 내려와 한참 타다가 귀를 기울여 들으니, 아무 소리 없고 전동내(구린내)가 물씬물씬 맡아지므로 놀부가 말한다.

"이 박은 농익어 썩어진 박이로다."

십 분의 칠팔 분을 타니, 홀연 박 속에서 광풍이 대작(大作, 바람, 구름, 아우성 따위가 크게 일어남)하며 똥 줄기 나오는 소리 산천이 진동한다. 온

집이 혼이 떠서(정신을 잃을 정도로 몹시 놀라서) 대문 밖으로 나와 문틈으로 엿보니, 된똥·물찌똥·진똥·마른똥 여러 가지 똥이 합하여 나와 집 위까지 쌓인다. 놀부 어이없어 가슴을 치며 말한다.

"이런 일이 또 있는가. 이러한 줄 알았으면 동냥할 바가지나 가지고 나왔더면 좋을 뻔했다."

그리고 뻔뻔한 놈이 처자를 이끌고 흥부를 찾아간다.

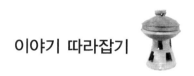

이야기 따라잡기

전라도와 경상도 사이에 놀부와 흥부 두 형제가 살았는데, 심술궂은 놀부는 동생 흥부를 빈털터리로 내쫓는다.

흥부는 마음씨는 착하지만 생활력은 전혀 없는 사람으로 졸지에 쫓겨나 움막집을 짓고 들어 앉았으나 먹고살 길이 막막하다. 자식들은 많은데 제대로 입히고 먹이지 못하니, 아내는 형인 놀부에게 돈이나 식량을 좀 얻어 보자고 한다. 흥부가 놀부를 찾아가 도움을 요청하지만 놀부는 도와주기는커녕 오히려 흥부를 구타하기까지 한다. 의지할 데라곤 없는 흥부 부부는 다른 사람 대신 매를 맞고 돈을 받아 볼 생각까지 할 정도로 가난하고 고단한 살림을 이어간다.

봄이 되자 흥부네 움막집에 제비가 둥지를 튼다. 그런데 어느 날, 구렁이 한 마리가 새끼 제비들을 집어 삼키고 마지막 남은 한 마리 새끼는 제비집에서 떨어져 다리가 부러진다. 흥부가 달려들어 구렁이를 쫓아낸 뒤 제비의 부러진 다리를 싸매고 정성껏 보살펴 주자, 건강해진 제비는 강남으로 돌아가 흥부의 선행을 제비 황제에게 아뢰어 박씨를 하나 받는다.

이듬해, 제비가 물고 온 박씨를 심자 가을에 커다란 박 네 통이 열렸다. 박에서는 귀하고 값진 약을 비롯하여 상상도 못했던 온갖 보물이 쏟아져 나와 흥부는 단번에 엄청난 부자가 된다.

그 소식을 들은 놀부가 달려가 흥부에게 도둑질을 해서 부자가 된 게 아니냐고 따져 묻고는, 제비와 박씨 이야기를 샅샅이 알아낸 뒤, 금은보화가 든 화초장을 빼앗아 돌아온다. 놀부는 흥부보다 더 부자가 되기 위해 제비집을 지어 놓고 제비가 날아오기를 기다리고, 구렁이가 숨어들지 않자 직접 제비 다리를 부러뜨린 뒤 고쳐 준다. 제비는 제비 황제에게 놀부의 악행을 하소연하고 역시 박씨를 받는다.

제비가 물고 온 박씨를 받은 놀부는 신이 나지만, 놀부네 집에 열린 박에서는 무당, 사당패, 양반, 왈짜 등 온갖 불한당들이 쏟아져 나와 놀부를 괴롭히고 재물을 빼앗아 간다. 마지막에는 박에서 오물이 쏟아져 놀부의 집을 뒤덮어 버리고, 전 재산을 잃은 놀부는 동생 흥부를 찾아간다.

쉽게 읽고 이해하기

'모방담'을 바탕으로 한 판소리계 소설

「흥부전」은 이른바 판소리가 소설로 정착된 판소리계 소설의 하나이다. 판소리는 보통 근원설화를 갖고 있어서 '근원설화 → 판소리 → 판소리계 소설'이라는 과정을 거치는데, 「흥부전」이 그 대표적인 작품에 해당한다. 판소리가 나온 시기는 대체로 17세기 전후로 추정되고, 19세기에는 판소리가 전성기를 맞이하는 한편, 판소리계 소설이 본격화되는 시기라고 할 수 있다. 이러한 판소리계 소설은 영웅소설과는 달리 다양한 신분의 사람들이 일상적 삶에서의 비속한 욕망과 고귀한 이념을 실현하는 모습을 동시에 그리고 있어서, 비슷한 시기의 한문 단편(야담)과 함께 당대 현실을 가장 잘 반영하는 작품들로 평가된다.

판소리계 소설 중에서도 「흥부전」은 '모방담(模倣談)'이라는 민담의 뿌리가 확실한 작품이다. 특히 몽고의 '박 타는 처녀'나 중국의 『유양잡조(酉陽雜俎)』에 실려 있는 '방이 설화'가 많이 언급되어 왔다. 그러나 비록 민담에 바탕을 두었어도 이 작품은 당대의 경제적 문제를 가장 잘 보여 주고 있다는 점을 주목할 필요가 있다. 즉 화폐 사용이 활발하고, 고리

대가 성행하며, 품팔이꾼과 천부(賤富) 또는 서민 부자가 등장하고, 몰락 양반도 나온다. 또한 이앙법의 보급, 상업 작물과 원예 작물의 재배 등 농촌 경제의 활발한 움직임 속에서 농촌의 분화 현상도 잘 나타나 있다. 요컨대 「흥부전」은 민담에 근원을 두면서도 조선 후기의 역사적 현실을 잘 반영하고 있는 아주 현실적인 작품이다.

흥부와 놀부의 인간성

흥부의 약점으로 지적되는 것은 게으름과 무기력할 정도의 선량함이다. 그러나 실제의 흥부는 날품팔이를 전전하고 어떻게든 살기 위해 모든 노력을 다하는 인물이기에, 그의 삶은 아무리 노력해도 살기가 어려웠던 조선 후기의 경제적 실상을 반영하고 있는 것이다. 그러므로 흥부는 몰락 양반의 관념적 성격만을 대변하는 존재가 아니라, 조선 후기 토지로부터 유리된 빈민을 대변하는 존재로 보아야 한다. 결국 흥부의 가난은 개인의 성격이나 능력의 문제라기보다는 당대 사회의 구조적 문제였음을 이해하는 것이 중요하다. 흥부라는 인물을 전적으로 긍정하기는 어렵다고 해도, 그렇다고 놀부를 긍정하는 방향의 해석은 문제이다. 놀부는 결코 근대적 합리주의를 지향하는 인물이 아니라, 그저 탐욕스러운 수전노에 불과하기 때문이다. 아무튼 「흥부전」에는 흥부와 놀부, 그리고 째보를 비롯한 여러 등장인물들이 경제적 역학 관계를 바탕으로 하여 엮어지는 인간 관계가 펼쳐진다.

오늘날 놀부로 대변되는 이기적 욕망은 점점 현실적인 힘을 얻고 흥부로 대변되는 공동체적 윤리는 심각한 고난에 처해 있음을 실감하게 된다. 「흥부전」은 공동체 사회가 무너지고 시장 경제가 시작되는 시기에 토지가 없는 흥부와 같은 빈민이 '노동자'로 전락하여 자신의 노동을 상품으로 팔아야 하는 시대의 초기 모습을 잘 보여 준다. 이 작품은 토지로부터 유리되어 품팔이 노동자가 된 흥부의 고단한 삶과, 공동체적 온정을 버리고 경제적 이익에 집착하는 놀부라는 돌출형 인간의 모습을 성공적으로 대비시킨 작품이다. 그러나 가정과 사회에서 나타나는 봉건 사회의 모순과 갈등을 동화적인 민담(제비 나라, 보은표, 보수표 등)으로 해결하는 방식은 여전히 논란으로 남는다.

형제는 수족과 같고 부부는 의복과 같다.
의복이 해졌을 경우 다시 새 것을 얻을 수 있으나,
수족이 끊어지면 잇기가 어렵다.
― 장자(중국의 도가사상가, BC 369~BC 289)

「콩쥐팥쥐전」은 온갖 시련을 견뎌내어

악의 근원을 뿌리뽑고 죽음에서 부활하여

순수한 행복을 이루고 싶어하는

당시 서민들의 자연발생적 소망을 담은 소설이다.

콩쥐팥쥐전

이번에 올 때에 새떼들이 모여들어 겉피 석 섬을 부리로 쓿어 주고,
다시 하늘에서 직녀가 내려와 베도 짜 주고 올라갔다 하는데,
그런 기이한 일로 미루어 보더라도 저 아가씨는 반드시 귀히 되리라.

등장인물

콩쥐 이 작품의 주인공으로, 아름다운 미모에 아버지를 극진히 공경하고 자질이
뛰어나서 행함과 판단에 어긋남이 없으며 근면한 성격이다. 그리하여 계모의
온갖 구박에도 잘 견디고 마침내 김 감사와 혼인하여 자식을 낳아 행복한
나날을 보낸다.

팥쥐 콩쥐의 의붓동생으로 콩쥐의 계모인 배씨가 데리고 들어온 딸이다. 마음이
곱지 못하고 얼굴조차 못생겼으며 인물이 요사스럽고 악독하기가 이루 말할
수 없다. 김 감사 아내가 된 콩쥐를 시기하여 연못에 빠뜨려 죽이나, 콩쥐는
다시 살아나게 되고 오히려 자기가 죽게 된다.

최만춘 콩쥐의 친아버지로서 퇴직 관리이다. 중년에 본처인 조씨가 세상을 떠나자
배씨라는 과부를 얻어 집안의 크고 작은 일을 모두 맡기고 자신은 집안일이
어찌 되어 가는지도 모르고 지낸다.

배씨 원래 다른 남자에게 시집을 갔다가 팥쥐 하나를 낳은 후에 남편을 여의고
과부로 지내다가 중매로 최만춘의 가문에 들어온다. 천성이 간사하고
악독하여 온갖 수단과 방법을 가리지 않고 콩쥐를 못살게 군다. 결국 팥쥐가
죽었다는 말을 듣고 기절하여 죽고 만다.

김 감사 재산도 많고 일가 친척도 많으나 일찍 아내를 여의고 외롭게 지낸다.
그러다가 콩쥐를 만나 결혼하여 행복한 가정을 이룬다.

콩쥐팥쥐전

콩쥐가 일찍 어머니를 잃다

조선 시대 중엽에 전라도 전주 서문 밖, 삼십 리쯤 되는 곳에 최만춘이라는 한 퇴직 관리가 있었다. 그는 아내 조씨와 이십여 년을 같이 살아왔건만 슬하에 자식이 없어 근심하였다. 명산 큰 절에 가서 기도와 불공도 하고, 곤궁한 사람을 살려 주는 착한 일도 하며, 한편으로는 의약을 써 몸을 보호하기도 하였다. 그러는 사이에 신명(神明, 하늘과 땅의 신령)이 감동하였는지 그러하지 않으면 정성이 지극하였던지, 하루는 부부가 신기한 꿈을 꾸고 이내 부인에게 태기가 있었다.

열 달이 차자 하루는 조씨 부인이 신기(神氣, 정신과 기운)가 불편하므로 자리에 누워 있었더니, 갑자기 그윽한 향기가 방 안에 감돌며 문득 옥 같은 딸을 낳았다. 만춘이 기뻐 날뛰는 모양은 이루 말할 수도 없겠거니와, 딸아이를 낳게 됨을 섭섭히 생각하지 않고 내외가 서로 위로하며 재미있게 키웠다.

딸아이의 이름을 '콩쥐'라 지어 손바닥의 보배같이 애지중지 사랑하여 남의 귀공자를 부러워하지 아니하며, 불면 날까, 쥐면 꺼질까 하고 어서 무럭무럭 자라나기를 밤낮으로 바랐다. 그러나 어찌 알았으리오? 그 어머니의 천명(天命, 타고난 수명)이 그만이었던지, 조물주(造物主, 우주 만물을 다스린다는 신)의 시기함인지, 콩쥐가 태어난 지 겨우 백 일 만에 조씨 부인이 세상을 영영 떠나게 되니, 만춘은 뜻하지 않게 중년에 홀아비 신세가 되어 버렸다.

만춘은 외롭고 쓸쓸할 때면 죽은 아내를 생각하여 눈물을 흘리며 어린 콩쥐를 안고 다니면서 동네 아낙네들의 젖을 얻어 먹였다. 그러나 하루 이틀도 아니고 일 년 이 년을 그러하였으니, 그 고생이 어떠하였을 것인가? 철모르는 콩쥐가 젖 찾는 소리를 죽은 어머니의 혼이 만약 있어 들었다면 그 흘리는 눈물이 변하여 비라도 되었을 것이다.

하루는 콩쥐가 으슥한 깊은 밤에 빈 방에서, 두 팔을 허우적거리며 어머니를 찾으니 만춘의 마음은 봄눈이 아니더라도 그대로 녹는 듯하였다. 그러나 그런 고생도 한 해가 가고 두 해가 가니, 쉬지 아니하고 흐르는 것이 세월이라, 어린 콩쥐의 나이 십여 세에 이르게 되었다. 그러자 만춘은 오히려 이제는 고생이 호강으로 바뀌어 그 딸이 지은 밥을 먹고 그 딸이 지은 옷을 입게 되었다.

본디 콩쥐의 성품은 어질고 재주가 뛰어났다. 비록 어려서부터 공들여 배운 바는 없을지라도 처신과 사리 판단에 어긋남이 없으며, 잠시도 놀지 아니하고, 아버지를 봉양하기에 힘을 다하므로 동리 사람들까지도 모두 칭찬하였다. 그 아버지도 콩쥐를 매우 사랑하나, 점점 콩쥐의 나이는 많아지고 시집갈 때는 멀지 아니하니, 장래의 살림을 어떻게 할까 은근히 근심하며 지내었다.

계모 배씨가 콩쥐를 구박하다

콩쥐가 열네 살이 되던 해에 최만춘은 배씨라는 과부를 얻어 금실의 즐거움을 얻게 되었다. 배씨는 심하게 용모가 추하거나 천하지 아니하고 살림도 잘 거둘 만하므로 속으로 은근히 기뻐하여,

'저러한 사람이 들어옴은 우리 집안의 행운이요, 콩쥐도 이제부터는 어느 만큼은 의지가 되며 배우기도 하리라.'

하고 그 배씨를 매우 사랑하며 집안의 크고 작은 일을 모두 맡기니, 집안일이 어찌 되어 감을 전혀 모르게 되었다. 이때부터 콩쥐의 신세는 은연중에 새로운 고생이 생기며, 설움이 아니면 날을 보내지 못하는 지경에 이르렀다.

원래 배씨는 처녀로 시집을 갔다가 '팥쥐'라는 딸 하나를 낳은 후에 남편을 여의고 과부의 박명(薄命, 운명이 순탄하지 못함)이 참담하여 말이 아니더니, 좋은 중매로 최씨의 가문에 들어온 터였다. 그러나 천성이 요악(妖惡, 요사하고 악독함) 간특(奸慝, 간사하며 악독함)하였으며, 그 딸 팥쥐 역시 마음이 곱지 못하고 얼굴조차 덕스럽지 못하며 요사스럽고 간악하기는, 그 어미보다도 한풀 더하였다.

그런 만큼 터무니없는 모함으로 고자질하기가 일쑤요, 콩쥐가 못되

는 것을 자기가 잘되는 것보다 상쾌하게 생각하였다. 그리하여 모녀 사이에 소곤거림이 그치면 콩쥐의 신변에는 참혹한 일이 벌어졌다. 그러나 그 아버지는 한번 배씨가 눈에 든 다음부터는 말할 나위 없이 감겨들어, 배씨의 말이라면 '팥으로 메주를 쑨다' 해도 곧이듣게 되니, 허물 없는 콩쥐를 오히려 구박하여 마지않았다.

콩쥐가 검은 소의 도움으로 김을 다 매다

하루는 배씨가 두 딸을 불러 놓고,

"시골 사는 계집애가 농사일을 몰라서는 목구멍에 밥알이 들어가지 않으니, 콩쥐는 오늘부터 들판으로 김을 매러 다녀라. 팥쥐는 너보다 한 살 덜 먹었고 아직 어린 것이라 어찌 김을 맬 수 있으랴만 그렇다고 집에 있으면 콩쥐가 제 자식만 사랑한다 할 것이니, 팥쥐 너도 오늘부터 김을 매러 다니도록 해라."

하고 팥쥐에게는 쇠 호미를 주어 집 근처 모래밭을 매게 하고, 콩쥐에게는 나무 호미를 주어 산비탈에 있는 자갈밭을 매게 하였다.

콩쥐는 점심도 얻어먹지 못하고 호미도 나무로 만든 것이라 밭 한 고랑도 못 매어서 목이 부러져 버리니, 마음씨 나쁜 계모로 말미암아 기를 펴지 못하는 콩쥐의 마음이야 어찌 다 형언할 수 있겠는가? 집에 돌아가면 호미를 부러뜨린 것도 죄목이 될 것이며 김을 얼마 매지 못한 것도 허물이 될 터이니, 저녁은 별수 없이 굶게 될 형편이었다. 어리고 약한 마음에,

"이 일을 어찌하면 좋을까?"

하고, 천지가 아득하여져 어찌할 줄을 모르고 울고만 있었다.

그럴 즈음 홀연히 하늘에서 검은 소 한 마리가 내려오더니, 콩쥐를 보고 말을 걸었다.

"너는 무슨 일이 있기에 그토록 우는지 모르겠다마는, 내게 자세한 이야기를 하면 어찌 변통할 도리가 없겠느냐? 그러하니 숨김없이 낱낱이 말하여라."

콩쥐가 속으로 놀랍고도 이상하여 머뭇거리다가 전후 일을 자세히 이야기하였다.

검은 소는 이야기를 듣고 나서 다시 말하기를,

"그렇다면 너는 곧장 물 아래쪽에 가서 발 씻고, 물 가운데 쪽에 가서 손 씻고, 물 위쪽에 가서 낯 씻고 오너라."

하기에, 콩쥐는 소라 하여 업신여기지 아니하고 그 말대로 손발과 얼굴을 씻으러 갔다.

한동안이 지나서 콩쥐가 돌아와 보니 검은 소가 하는 말이,

"너의 행실에 하느님도 감동하셨다."

하며, 검은 소가 좋은 호미와 온갖 과실을 콩쥐의 치마폭에 싸 주고는 홀연히 사라져 보이지 않았다.

콩쥐는 그것을 받고 마음이 흡족하여, 배고픔도 참은 채 과실 한 개를 입에 넣지 아니하고서 서둘러 김을 매면서,

'아버님께도 보여 드리고, 어머니께도 이야기하며 팥쥐와도 똑같이 나누어 먹어야겠다.'

고 마음먹고, 잠시 동안에 몇 마지기 밭을 매어 놓고 집으로 돌아왔다. 그러나 집에 이르러 보니 벌써 문은 굳게 닫혀 있어 들어갈 수가 없었는데, 안에서는 저녁밥을 지어 놓고 팥쥐와 함께 마주 앉아 오순도순 재미나게 먹고 있었다.

할 수 없이 콩쥐는 문밖에서,

"팥쥐야, 문 좀 열어 다오. 과실 줄게. 문 좀 열어 다오."

하고 두세 번 애걸하니 팥쥐는 그제야 말하기를,

"조것이 거짓말이지. 과실이 날 때가 어디 있을라구? 조것이 김도 다 매지 못하고 일찍 돌아오더니, 할 말이 없으니까 저런 거짓말을 하는구나."

하고, 태연하게 여기면서 문을 열어 주지를 아니할뿐더러 다시 하는 말이,

"그러면 과실부터 보여 주어야 문을 열어 주겠다."

하며, 문틈으로 기웃거렸다.

마음이 곱고 착한 콩쥐는 그 말을 듣자, 밤, 대추, 귤, 은행, 호두, 용안(龍眼, 무환자나뭇과의 높이 13m 정도 되는 상록수의 열매), 예지(여주) 등 여러 가지 과실을 하나둘씩 문틈으로 들이밀어 보이니, 팥쥐는 얼른 행주치마를 걷어들고 코웃음을 치면서 들이 내미는 대로 모조리 받고서야 대문을 열어 주었다. 콩쥐가 들어가기는 과실 덕으로 들어갔으나, 한 개도 먹어 보지를 못하고 소한테서 받은 대로 가져왔으니, 그 좋은 과실들을 어느새 팥쥐에게 송두리째 빼앗긴 셈이 되었다. 그러나 그 과실을 온통으로 빼앗기고 먹어 보지만 못하였으면 오히려 괜찮겠으나, 통째

로 빼앗긴 그 과실로 말미암아 도리어 콩쥐의 신상에 큰 액운이 덮치게 되었으니 얼마나 원통할까!

요사하고 악독한 팥쥐는 그 과실을 빼앗았으나 저는 한 개도 아니 먹고 먼저 저의 어머니 앞에 풀어 놓으면서 얼굴을 찡긋찡긋하자, 배씨가 파랗다 못하여 노랗도록 얼굴빛이 변하며 벼락 같은 소리로,

"콩쥐야, 이년! 이리 오너라. 네 이년, 어른이 시켜서 김인지 뭔지 매러 갔으면 일찍 마치고 돌아와서 밥도 먹고 또 다른 일도 해야 할 게 아니야. 그래 여태껏 무엇을 했느냐? 그리고 과실은 어디서 났단 말이냐? 밭 한 마지기 매기에 종일 해를 보냈을 리도 없고, 이러한 과실이 이 촌구석에 있기가 만무하니 도대체 어디서 났단 말이냐? 이게 분명 불공에 쓰는 과실 같은데, 저년이 분명 공양하여 가는 아무 절 중놈에게 얻은 것이지! 네 그렇지 않고서야 어디서 났단 말이냐?

계집애 년이 생긴 대로도 아니 있고, 나이 열댓 살 가까워 오니까 벌써부터 지나가는 행인을 홀려 먹는단 말이냐? 나만 아는 것이야 상관없다마는 이런 일을 너의 아버지께서 알아 봐라! 큰일이 나지 않겠느냐? 얘, 팥쥐야. 이걸 빨리 먹어 버리고 아버지 눈에 띄지 않게 해라. 눈에 띄는 날이면 언니 년은 죽는 날이다. 언니는 실컷 먹었을 터이니 그만두고 너나 얼른 먹어치워라."

하니, 모녀가 마주 앉아 과실이란 과실은 저희들끼리만 먹어 버리고 콩쥐한테는 밥도 주지 아니하였다.

콩쥐는 일이 이렇게 되고 보니, 다시 무엇이라 말할 수도 없고 애매한 소리를 듣는 것만이 억울하여 고픈 배를 졸라 가면서 아무 소리 못

하고, 그날 밤을 눈물로 새웠다.

그날부터 콩쥐에게는 나날이 닥치느니 뜻밖의 일뿐이며, 겪느니 새록새록 생고생만이 끊임없이 닥쳐왔다.

콩쥐가 두꺼비의 도움으로 독에 물을 채우다

하루는 계모 배씨가 콩쥐에게 새로운 일을 시키는 것이었다.

"오늘은 부엌의 빈 독에 물을 길어다 채워 놓아라."

하기에, 콩쥐는 즉시 그 말을 따라 방구리(물을 긷는 질그릇. 동이와 비슷하나 좀 작음)로 물을 길어다 부으며 독을 채우려 하였다. 그러나 아무리 길어다 부어도 어찌 된 셈인지 독이 차지 아니하였다. 아침부터 종일토록 물을 길어 나르다 보니, 이제는 기운이 쭉 빠져서 진땀이 이마에 흐르고, 고개도 부러지는 것만 같아서 다시는 단 한 방구리도 물을 길을 수가 없었다. 그렇다고 물을 채우지 못한다면 큰 고역(苦役, 몹시 힘들고 고된 일)이 닥쳐올 것이니, 이러한 생각에 겁이 덜컥 나고 걱정이 앞서는 것이었다. 콩쥐가 아픔을 억지로 견디어 물독을 채우고자 다시 방구리를 머리에 얹고 우물로 가려는데, 마당 한쪽에서 맷방석(맷돌을 쓸 때 밑에 까는, 짚으로 만든 방석)만 한 두꺼비 한 마리가 엉금엉금 기어 들어오더니, 팔딱팔딱 뛰면서 입을 열어 헐떡거리며 두 눈을 꿈적거리다가 버럭 소리를 질러 말하였다.

"콩쥐야, 콩쥐야. 네 암만 물을 길어 부어도 그 독은 밑 빠진 독이라 결코 차지 않을 테니 그렇게 혼자 애쓰지 말고 내가 이르는 대로 하도록 해라. 나는 소양배양한(나이가 아직 어려서 날뛰기만 하고 철이 없는) 소년과는 달라서, 무엇이든지 되도록 가르쳐 주리라. 그 독은 깨어져 새는 것이 아니라, 트집(마땅히 한 덩이로 붙어 있어야 할 물건이나 서로 관련된 일들 사이에 생겨난 틈. 여기서는 독에 생긴 구멍을 가리킴)의 크기가 손가락 하나 들락거릴 만하다. 그 구멍만 내 등으로 받치고 있으면 조금도 샐 염려가 없을 것이니, 네가 그 독을 조금 기울여 주면, 내가 비록 늙은 몸으로 고생은 될지언정 그 속에 들어가 한동안 수단을 부리겠다."

콩쥐는 매우 놀라운지라 낯빛을 잃으며 어찌할 바를 모르는 듯하더니, 백번 사양하며 듣지 않았다.

"내가 타고난 고생을 어찌 남에게 지울 수 있겠는가?"
하고 따르지 아니하니, 두꺼비가 성을 버럭 냈다.

"나도 그런 생각이 없는 바는 아니나, 너같이 마음씨 고운 아이를 너의 계모가 일부러 고생시키려고 하는 것이다. 그런데 나로 말하면 인간과 인연이 깊어 몇백 년 나이를 누리며 살아오고 있는 터이다. 나 같은 늙은 것이 그와 같은 일을 돌보지 아니할 수가 없어서 각별히 온 것이니, 네가 어찌 거절하여 이 늙은 것의 깊은 뜻을 업신여기느냐?"
하며 꾸짖었다. 콩쥐는 두꺼비에게 감사하고 그 물독을 기울여 주어, 두꺼비가 엉금엉금 기어 그 밑으로 들어가게 해 주었다.

콩쥐가 독을 바로잡아 놓은 다음 물을 길어다 부으니, 과연 몇 차례 아니 떠 와서 한 독에 물이 가득 찼으므로 기쁨을 이기지 못하며, 천연덕스럽게 계모 배씨에게 물독을 채웠노라고 하였다. 배씨는 겉으로 좋아하는 모양을 보였으나 속으로는 이상한 생각을 품지 않을 수 없었다.

"저것이 일전에도 난데없는 과실을 얻어 오는 게 수상하더니, 이번에는 밑 빠진 독에 물을 채워 놓았으니, 아무래도 저년을 그냥 두었다간 큰일나겠다. 도대체 저년이 어떻게 된 계집애이기에 남이 할 수 없는 일을 능히 해내는 것일까?"

하고 시기하는 마음이 별안간 꼭뒤(뒤통수의 한복판)까지 뻗쳐서, 그때부터 어떻게 하여야 저것을 보지 아니할까 하면서 입버릇처럼,

"저년을 그저, 저년을!"

하고 벼르며 없앨 기회가 오기만을 고대하였다.

콩쥐가 직녀와 새떼의 도움을 받다

그럭저럭 세월을 보내는데, 콩쥐의 외갓집 조씨 댁에서 무슨 잔치가 있어 콩쥐를 불렀다. 그런데 염치도 없고 인사도 모르는 계모 배씨는, 큰마누라 본갓집 잔치에 무슨 체면으로 나서려는지, 콩쥐는 젖혀 놓고 자기가 먼저 날뛰면서 하는 말이,

"콩쥐야, 너는 집이나 보도록 해라. 내가 잠시 다녀올 테니, 만약 너도 가고 싶거든 베 짜던 것이나 마저 마치고, 말리던 겉피(껍질을 벗기지 아니한 피) 석 섬만 찧어 놓고 오도록 해라."

하며, 비단 저고리를 꺼내 입고 싸 두었던 진신(기름칠을 한 가죽으로 만든 신)을 꺼내어 신고서 한동안 수선을 피우며 맵시를 내더니 팥쥐만을 데리고 떠났다.

할 수 없이 콩쥐는 혼자 처져서 눈물을 흘리며 겉피 석 섬을 마당에

널어 놓고 베틀 위에 올라앉아서 짤깍짤깍 짜기를 시작하였다. 그러나 무슨 재주로 한 필 베를 짜며 석 섬 겉피를 찧으랴? 육십 척이나 되는 기나긴 한 필 베를 짜낼 길이 막연하였다. 그러는 사이에 겉피 멍석에는 난데없는 새떼가 덤벼들어 쪼아 먹기에 콩쥐는 허겁지겁 뛰어 내려가서 기를 쓰고 쫓았으나, 오히려 소란만 피울 뿐 가냘픈 계집아이의 힘으로 아무리 하여도 힘에 겨운 노릇이었다. 콩쥐는 외갓집 잔치에도 계모 때문에 가지 못하게 된 것이 어린 마음에도 매우 분하거늘, 이제는 새떼마저 저를 미워하는가 하여 절로 눈물이 솟아나며 한숨이 북받치므로, 베틀 위에 엎드려 울면서,

"새야 새야, 인정 없는 이것들아! 너희들이 모두 쪼아 먹더라도, 제발 덕분 헤쳐 놓치나 말려무나! 그 겉피 석 섬을 말려서 쓿어(곡식의 껍질을 벗기어 깨끗이 하여) 놓아야 외갓집에 갈 수 있는데, 아무리 한들 가기는 다 틀렸구나! 저것이 마른다 하더라도 해가 이미 기울 것이매 쓿기는 어찌 쓿으며, 또한 이 베인들 어찌 하루 이틀에 끝이 날 것이냐?"
하고 한탄하였다. 이렇듯이 고생살이 끝에 모처럼의 외갓집 잔치에도 참례를 못 하는가 하여 서러움이 한풀 드세어졌다.

그러나 역시 어머니를 여읜 어린아이인지라, 생각할수록 외갓집에 가고 싶은 마음에 생각이 들먹거리니, 잠시가 긴 세월같이 여겨져서 다시금 울기를 시작하였다. 얼마나 울었던지 콩쥐는 정신을 못 차릴 지경이었다. 그런데 이게 웬일인가? 콩쥐가 한 번도 보지 못한 예쁜 여인이 찬란한 비단옷을 곱게 차려입고, 신기한 향내를 풍기며 뚜렷한 모습으로 베틀 앞에 다가서며 콩쥐를 보고,

"여보시오, 아가씨! 아가씨가 그토록 외갓집에 가고 싶다면, 어느 세월에 그것을 마치고 가려 하시오? 내가 비록 재주는 없으나, 잠깐 베틀을 빌린다면 비록 굵고 성길지라도 당장에 짜 낼 것이니, 아가씨는 곧 떠날 차비를 하도록 하시오."

하며, 콩쥐더러 베틀에서 내려오기를 재촉하였다.

콩쥐는 마지못하여 베틀에서 내리며 공손히 묻기를,

"어떠한 부인이신지도 자세히 모르옵는데, 어찌 제가 외가에 가려 함을 아시옵고 이렇듯 아무런 연고(緣故, 혈연이나 인척 관계·정분 등에 의한 특별한 관계, 또는 그런 관계의 사람)도 없는 터에 이 베를 대신 짜 주시겠다 하시오니, 소녀는 부인의 말씀만 듣자와도 고마운 생각이 뼈에 사무치나이다. 바라오니 부인께서 누구시온지 가르쳐 주시오면, 후일에 뵈올 적에 인사를 여쭈고자 하나이다."

하니, 그 부인은 입가에 밝은 웃음을 띨 뿐, 말이 없이 베틀에 올라앉았다.

그러더니 그 부인은 불과 얼마 아니 가서 짜던 것을 다 마치어 놓고, 베틀에서 내려오며 하는 말이,

"아가씨, 이제는 할 일이 다 끝났으니 바삐 외가에 가서 잔치에 참석하도록 하오. 또한 도중에서 좋은 기회도 있을 터인즉 되도록 견디어 보면 차차 고생을 면하고 호강을 누리게 될지도 모르는 일이오."

하고 한 비단 보자기를 풀어헤치더니, 새로 지은 옷 한 벌과 댕기와 신발까지 새로운 것을 내어 주면서,

"이것이 비록 좋은 것은 못 되나 새로 지은 옷이니 입고 가도록 하오.

나로 말하면 하늘에서 내려온 직녀(織女)로서, 옥황상제께 잠시 허락을 받고 이와 같이 왔으니 오래 머물지 못하오."

직녀는 말을 마치더니 얼른 몸을 날려 공중으로 올라가는데, 멀어져 감에 따라 오색이 찬란한 구름으로 변하며 이윽고 그 모습이 사라졌다.

넋을 잃고 바라보던 콩쥐는 그제야 깨달은 듯, 하늘을 향하여 무수히 절을 하고 나서 그 의복을 입어 보니, 옷감도 고운 비단일뿐더러 품새도 틀림없이 들어맞았다. 매우 기뻐하며 허둥지둥 외갓집에 가려고 나서는데 깜빡 잊었던 것이 생각나니, 그것은 다름 아닌 마당에 널어 놓은 겉피였다.

"저 석 섬을 어찌하고 간단 말이냐? 하느님이 도우셔서 새옷을 내리셨는데, 난데없는 새떼는 무슨 원수가 맺혀 있기로 저렇듯 덤벼들며 쪼아 먹느냐?"

막대를 집어들고 일어나서 마당으로 내려가자, 새떼는 훌쩍 날아가 버리는데 널어 놓았던 겉피 석 섬이 쓿어 쌀이 되어 그대로 남아 있었다. 콩쥐는 하도 신기한지라, 속으로,

'세상에 이상한 일도 많도다. 새떼가 덤벼들면 그 곡식은 결딴이 나는 줄로만 알았더니, 이렇듯이 쪼아서 껍질만 벗기고 낟알을 한 톨도 먹지를 아니하며 날았다 다시 앉았다 하도록 누가 날개를 붙여 놓을 줄이야 생각하였으랴? 이런 줄도 모르고 욕부터 하였으니 내 한 짓이 죄스럽도다.'

하고 후회하며, 한편으로는 기뻐서 어쩔 줄을 몰라 하면서 쌀을 그러모아 독을 채워 놓았다.

콩쥐는 이렇듯이 조금도 힘들이지 아니하고 계모가 시키고 나간 일을 잠시 동안에 모두 어김없이 끝내게 되었다.

콩쥐가 잔치에 가다 신발을 잃다

콩쥐는 다시 집을 둘러보아 단속하고 건넛마을 외갓집 잔치를 보러 가는데, 때는 바야흐로 춘삼월 좋은 계절이었다. 여러 가지 아름다운 꽃이 모두 스스로 웃기를 마지않고, 나는 새와 다른 짐승도 각기 그 즐거움을 마음껏 누리고 있었다. 콩쥐는 또한 그윽한 감회가 스스로 서리어, 날아가는 나비를 놀리며 웃기도 하고 꽃도 탐내며 두서 없는 생각에 잠기어 노니면서 가는 중인데, 어느 시냇가에 다다르니, 물도 맑고 고기가 떼지어 노니는 것이 또한 볼 만하였다. 콩쥐는 물을 쥐어서 손도 씻고 돌도 던져 고기도 놀래어 보곤 하였다.

이때 뒤로부터 감사가 도임지로 위엄을 갖추어 행차하느라고, '에라 게들 섰거라' 하는 벽제(지위 높은 사람의 행차 때, 일반인의 통행을 막아 길을 치우던 일) 소리를 지르며 길 가는 사람들에게 길을 비키라고 하는 바람에 콩쥐는 허겁지겁 시냇물을 뛰어 건너려다 그만 잘못하여 신발 한 짝을 물속에 빠뜨리고 말았다. 그러나 무섭고 다급한 마음에 콩쥐는 감히 신발을 건져 보려고도 하지 못하고 아까운 생각만을 품은 채로, 외가로 달려갔다.

뒤따른 행차가 그 길을 지나칠 때였다. 감사가 무심히 앞길을 바라보니 이상한 서기(瑞氣, 상서로운 기운. 경사스러운 분위기)가 눈에 띄었다. 하리

(下吏. 조선 시대에 지방 관아에 딸렸던 하급 관원. 서리. 아전) 부하를 지휘하여 그 서기가 떠도는 언저리를 찾아보게 하였다. 그러나 별다른 것은 없고 다만 개울물 속에 신발 한 짝이 있을 뿐이었다. 감사는 마음속으로 매우 기이하게 여기어 하리에게 그 신짝을 간수하도록 일러 두었다. 그리고 부임한 후에 곧이어 신짝 잃어버린 사람을 찾아서 각처로 사람을 보냈다.

이럴 즈음 콩쥐는 외가에 가서 외삼촌과 외숙모에게 절하고 뵈니, 그때까지 못 오는 줄 알고 섭섭히 생각하고 있던 외삼촌 내외는 매우 기뻐하며, 어머니가 돌아가신 후로 고생살이가 많음을 진심으로 위로하여 좋은 음식을 갖추어 차려 주었다. 그러자 계모 배씨의 기색이 좋지 아니하여 콩쥐를 보고 말하였다.

"콩쥐야, 네 짜던 베는 다 짜고 왔느냐? 말리던 겉피도 다 쓿어 놓고 왔느냐? 또 집은 어찌하려고 비워 두고 왔느냐? 그 비단옷은 어디서 웬 것을 훔쳐 입었느냐? 응? 어떤 놈이 네 대신 해 주더냐?"

이렇듯이 계모는 콩쥐를 몰아치며 남 안 보는 틈틈이 꼬집어 뜯으면서 따져 물었다. 콩쥐는 기가 막혀 할 수 없이 그사이 겪은 바를 낱낱이 아뢰었다. 그리하여 콩쥐의 이야기를 듣던 계모는 눈알이 다시 삼모(세 모꼴) 은행처럼 튀어나오고 얼굴색이 청기와처럼 푸르러지니 그 흉악한 속마음이야 어찌 다 말할 수 있겠는가?

그때는 온 집 안이 터지도록 손님들이 모여 있었다. 그러므로 이 구석 저 구석에서 콩쥐의 불쌍한 이야기를 주고받으니,

"저 아가씨는 어머니가 없으니 그 고생이 오죽할꼬?"

하는 사람도 있고,

"저 아가씨가 계모한테 구박을 받으면서도, 되도록이면 말없이 어른을 받들어 모시니, 아버지에게는 둘도 없는 효녀로구나."

하고 칭송하는 이도 있고,

"저렇듯이 은근히 고생을 당하는데도 아버지는 모르는 것 같으니, 어찌하였든 그 아버지가 그른 사람이다."

하는 사람도 있으며, 또,

"이번에 올 때에 새떼들이 모여들어 겉피 석 섬을 부리로 쓿어 주고, 다시 하늘에서 직녀가 내려와 베도 짜 주고 올라갔다 하는데, 그런 기이한 일로 미루어 보더라도 저 아가씨는 반드시 귀히 되리라."

하는 사람도 있고,

"저 옷도 직녀가 주고 간 것이라는데, 어쩐 까닭에 신발 한 짝이 없을꼬?"

하며 모든 손님들이 공론이 분분한데, 이때 마침 관가에서 차사(差使, 중요한 임무를 맡겨 파견하던 임시 벼슬. 또는 고을 수령이 죄인을 잡으려고 보내던 관원)가 나와 동리를 돌아다니며,

"이 동네에서 신발 한 짝을 잃은 사람이 있거든 이리 와서 말하고 찾아가라."

하고 외치면서 바로 콩쥐의 외갓집 문 앞에 이르렀다. 그리고는 잔치에 모인 여러 사람들에게까지 일일이 그 신발을 신겨 보는 것이었다.

이때 배씨는 속으로,

'저 신짝은 분명히 콩쥐 년이 잃어버린 것인데, 그 옷과 한가지로 신

발도 천녀(天女)가 내려와 주고 간 것이 틀림없으니, 저년에게 무슨 별다른 일이 있을 것이요, 또한 관가에서 저렇듯이 신발 임자를 찾으니 필시 상을 후히 내릴 것이라.'

생각하고, 관차(官差, 관가의 차사. 관아에서 보내던 아전) 앞으로 썩 나서며 큰 소리로 하는 말이,

"여보시오, 관차님네! 그 신발 임자는 바로 나인데, 그 신짝을 잃고서는 아까운 생각을 참을 길이 없어 간밤에도 잠 한숨 이루지 못하였소. 이리 주시오. 그 신발은 어저께 새로 사서 신고 당일로 잃어버렸소."

관차가 그 말을 듣고,

"그러면 잃어버린 곳은 어디며, 어떻게 하다가 잃어버렸단 말이오? 이 신짝은 내가 얻은 바도 아니고 이번에 새로 부임하신 감사 사또께서 길에서 얻으신 거요. 그 신발 임자를 찾아 관가로 데려오라는 분부가 계시니, 만일 당신이 잃어버린 게 틀림없다면 이리 와서 신어 보시오."

하고 신짝을 내어놓았다. 배씨가 이 말을 듣고 버럭 화를 내며 뇌까리기를,

"아니, 관차님네 내 말 좀 들어 보소! 내 것 잃고 내가 찾아가는데, 신어 보기는 무엇을 신어 보란 말이오? 신어 보지 않으면 내 것이 아닐까 싶어 그러시오? 어제 신발은 사서 신고 이 집 잔치에 참례하러 오다가 저 건너 벌판에서 잃어버렸소. 그래도 내 말을 못 믿겠소? 여러 말 말고 어서 이리 주시오!"

하며 신짝을 잡아 빼앗으려 하니, 관차가 그 하는 모양을 보고는 어이없이 주저하다가, 배씨의 발을 내어놓게 하고 그 신발을 신겨 보았다.

그러나 발은 중턱까지도 들어가지 않았다. 관차는 그 무엄(無嚴)한(삼가고 어려워함이 없는) 짓을 크게 나무라며 다른 사람들로 하여금 차례로 신어 보게 하였다. 그래도 맞는 사람이 없었다.

이윽고 관차들이 다른 곳으로 옮겨 가려 하는데, 콩쥐는 천연덕스럽게 아는 체도 아니하며 구경만 하고 있었다. 그러자 손님으로 와 있던 어느 노부인이 당상에 올라앉아 있다가 관차를 불렀다.

"그 신발을 잃은 사람을 어째서 관가에서 찾는지는 모르나, 이 가운데 콩쥐라 하는 아가씨가 그 신발을 잃고 찾으려 하면서도 부끄러워 차마 말도 못 하고 있으니, 신발 임자를 찾아서 주고 가시오. 그 아가씨는 생전에 처음으로 얻은 신발이라 합니다."

관차가 그 말을 듣고 콩쥐를 불러내어 신발을 신어 보게 하니, 콩쥐가 부끄러워 낯을 붉히며 간신히 발을 내밀어 얌전한 발부리를 신짝 안에 들여놓으니 살며시 쏙 들어가 딱 맞는 것이었다. 의심할 바 없는 콩쥐의 신발이었다. 관차가 콩쥐에게 허리를 굽혀 절하고서 이내 가마 한 채를 꾸며 가지고 와서는 관가로 들어갈 것을 청하였으나, 콩쥐는 아직도 시집가지 않은 처녀의 몸이라 괴이한 생각도 들고 무서운 생각도 없지 않아, 외삼촌에게 부탁하여 함께 가기로 하였다.

콩쥐의 가마가 관가에 당도하니 관문 앞에서 사채(私寨, 사사로이 설치한 목책, 오늘날의 바리케이드 같은 것)를 치우고 외삼촌이 먼저 안으로 들어갔다. 감사는 소식을 고대하던 참이라 신짝을 잃은 처녀가 삼문(三門, 대궐이나 관청 등의 앞에 있는 세 개의 문) 밖에 대령하였다는 말을 듣고 좀 놀라는 기색이었다.

콩쥐가 감사의 후처가 되다

　이번에 새로 부임한 감사로 말하면, 당초에 벼슬이 종일품이요, 승지와 참판을 차례로 지낸 다음 전라감사로 임명되어 온 양반으로서 성은 김씨였다. 김 감사는 본디 가산도 많고 일가 친척이 무척 많아 일찍이 아들 하나 두지 못하고 부인을 잃은 외로운 신세였다. 부인이 죽은 후로는 너무 슬프고 괴로워서 첩도 두지 아니하고 스스로 마음을 가다듬어 가며 세월을 보내고 있었다. 그런 만큼 자연 신기한 것을 즐겨 연구하는 습관이 생겨 조그마한 일일지라도 눈에 띄고 귀에 들리는 것이 기이하게 여겨지면 기어이 알아내고야 말았다.

　부임하던 그날만 하더라도 이상한 서기를 보고 또 그 곳에서 새 신짝을 얻었으므로 호기심에서 그 신발 임자를 만나보았으면 하였던 것이다. 그런데 뜻밖에도 신발 임자를 찾으러 나갔던 관차가 감사의 명령만을 중히 여긴 나머지 남의 집 처녀를 데려왔다고 하므로, 김 감사는 매우 놀랐다.

　그래서 감사는,

　"어떤 처녀이기에 신짝에게 그토록 서기가 생기는가?"

하고 자세한 연유를 그 외삼촌에게 물었으나, 외삼촌 되는 사람도 서기가 난 까닭에 대해서는 뭐라 대답할 수 없었으므로 결국 콩쥐로 하여금 직접 대답하도록 하였다.

　콩쥐는 김 사또 앞이라 일을 숨기지 못할 줄을 알아차리고 할 수 없이 어머니의 상사(喪事, 사람이 죽은 불행한 일)를 당한 일로부터 시작하여 계모 배씨가 들어온 이후로 구박이 점점 심해져 고생살이가 된 일이며, 김을 매러 나갔을 때에, 검은 소가 내려와 쇠 호미와 과실을 많이 주던 일이며, 두꺼비가 밑 빠진 물독을 받쳐 주던 일들을 차례차례 이야기하고, 이번 외가에 올 때에도 계모의 시킨 일과 새떼가 몰려들어 겉피 석 섬을 벗겨 준 일에서, 직녀가 내려와 베도 짜 주고 옷도 주어서 입고 오는 길에 감사 행차의 벽제 소리에 놀라 신발 한 짝을 잃게 된 이유를 물 흐르듯이 낱낱이 말하였다.

　감사는 다 듣고 나자 놀라는 한편 기뻐하며 진심으로 콩쥐의 덕행을 흠모하여 마지않더니, 이윽고 그 외삼촌에게 일렀다.

　"내 일찍이 아내를 여의고 슬하에 한낱 자식이 없으나 여지껏 첩이라도 두지 아니하였음은 좋은 규수를 만나 재혼하여 가문을 유지하려는 것이었소. 지금 그대의 조카딸을 보니, 마땅히 군자의 건즐을 받들(여자가 아내로서 남편을 받들. '건즐'은 수건과 빗 또는 세수하고 머리를 빗는 일을 가리키는 말) 만하오. 그대가 깊이 생각하여 나의 뜻을 저버리지 않는다면, 후한 예로써 규수를 맞아 백 년을 같이하리로다. 혼인은 인륜대사(人倫大事)라 신중을 기하려니와 그대의 뜻은 어떠하오?"

　콩쥐의 외삼촌은 영문도 모르고 따라왔다가, 감사로부터 뜻밖의 소청을 받게 되니 어찌할 바를 모르다가 사또를 우러러 대답하였다.

　"감사의 말씀을 듣자오니 황송무지(惶悚無地, 황공무지할. 위엄이나 지위 따위에 눌리어 두려워서 몸둘 데가 없을)할 따름이오나, 조카딸의 아버지가 있으니 일단 물러가 상의하고 다시 들어와 아뢰겠나이다. 자못 구차한 인생들이오라 갖추지 못한 바가 많으니, 차후 사또께서는 너그러이 굽어

살피시어 많이 용서하시기를 엎드려 바라옵나이다."

하고, 콩쥐의 외삼촌은 얼떨결에 고생이 막심한 질녀(조카딸)의 몸을 팔자 좋게 치러 주고는 싶었으나, 저의 아버지가 있는 처지에 자기가 독단으로 결정할 수 없겠기로, 곧 최만춘과 의논하고자 감영(監營, 조선 시대에, 각 도의 감사가 직무를 보던 관아)을 물러 나왔다.

재취(再娶, 아내를 여의었거나 아내와 이혼한 사람이 다시 장가가서 아내를 맞이함)한 후 배씨에게 눈이 어두운 최만춘이지만, 콩쥐에게 영화가 되는, 더욱이 지체 높은 감사와의 혼담을 싫어할 리 없으니 곧 혼인을 승낙하고, 한편 택일을 서둘러 감사의 재취 부인으로 예를 갖추어 콩쥐를 시집 보내게 되었다.

팥쥐가 콩쥐를 죽이다

그런데 배씨는 당초에 자기가 잘 되어 영화를 누려 볼 요량(料量, 잘 헤아려 생각함, 또는 그 생각)으로 전날 관차를 속여 자기가 잃어버린 신발이라 하고 콩쥐의 복을 빼앗으려 하다가 들통나서 무안을 당한 후로는, 콩쥐를 미워하는 마음이 더욱 심해졌는데, 팥쥐도 또한 샘이 북받쳐,

"콩쥐 저년이 지금은 저렇게 고운 옷에 단장을 하고서 감사의 부인이 되어 가지만, 네가 내 솜씨 앞에서 어차피 엉덩이를 벌리고 앉아서 편안하게 호강은 못 하리라."

하고 이를 벅벅 갈면서 기회가 오기를 벼르고 있었다.

하루는 벌써 석류꽃이 한철을 지냈고, 쓰르라미가 목을 가다듬어 우

는 소리에 문득 세월이 빠름을 깨닫고, 팥쥐는 서둘러 일을 처리하여 보리라는 생각이 치밀어올라 감영 내아(內衙, 지난날의 지방 관아의 안채)로 콩쥐를 찾아보러 들어갔다.

　그때 사또는 공청(公廳, 관가의 건물)에 나가고, 콩쥐만 홀로 녹의홍상(綠 衣紅裳, '젊은 여인의 고운 옷차림'을 이르는 말)을 떨쳐입고, 분벽사창(紛壁紗窓, 하얗게 꾸민 벽과 비단을 바른 창이란 뜻으로, '아름다운 여자가 거처하는 방'을 이르는 말)으로 아담하게 꾸며놓은 후원 연못가의 별당에서 난간에 의지하여 힘 있게 솟아오른 연꽃을 구경하고 있었다. 팥쥐는 반가운 척하며 달려들어 농치기를(좋은 말로 마음에 맺힌 것을 풀어 주기를),

　"에구머니, 형님 그동안 혼자서만 편안히 지내셨구려? 보기 싫은 이 팥쥐는 형님이 출가하신 후 시시때때로 형님 생각이 간절하고, 어찌 지내시는지 궁금하기 그지없어서 구차한 옷차림으로 체면(體面, 남을 대하기에 번듯한 면목)도 생각하지 않고 형님을 보러 왔소. 내가 전에는 철없이 형님한테 응석처럼 한 노릇인데 지금까지라도 어떻게 생각하시는지 모르겠지만, 나는 가끔 잘못한 뉘우침이 뼈에 사무친답니다. 그만하면 시집을 가서 우리 형제가 떨어져 있게 될 것을 어찌하여 그리하였던고 하는 마음이 참말로 금할 수 없는 때가 있습니다. 그렇더라도 형님은 그런 것을 속에다 품어 두시지 말고 다만 우리 형제가 서먹서먹하게 지내지는 맙시다."

하면서, 여러모로 간사한 꾀를 부려 없는 정을 있는 듯이 눈물을 찔끔거리며 수선을 피웠다.

　본래 악의가 없는 사람은 속기를 잘 하는 법이다. 콩쥐는 그 말을 들

더니 역시 마음이 감동되는지라, 혼자 속으로,

'저것이 아무리 그전엔 그토록 나를 모해(謀害, 모략을 써서 남을 해침)했더라도 그때는 철을 모를 때요, 이제는 나이가 들어 깨달은 바 있기에, 저토록 사과하는 것이니 기특한 일이다.'

하고서, 콩쥐는 좋은 음식도 대접하며 살아가는 형편도 물어보고 하면서 집 안 구경도 시켜 주었다.

이때 팥쥐는 겉으로는 그렇듯 정숙하게 굴었으나, 속마음으로는,

'콩쥐, 저년을 어떻게 하면 움도 싹도 없어지게 할꼬?'

하는 악독한 심술이 북받쳐, 뱃속에서 온갖 꾀를 꾸며 가며 콩쥐를 따라 별의별 화초와 온갖 화초를 구경하였다. 연당 앞에 이르자 문득 한 묘계를 생각해 내고는, 콩쥐에게 함께 목욕하기를 청하였다. 그러자 콩쥐는 '부끄럽다'고도 사양하고, '더위를 먹는다'고도 사양하고, '영감께서 들어오실 시각이 되었다'고도 사양하고, 하다 못하여 '연못 속에 구렁이가 있다'고도 사양하여 보았으나, 팥쥐는 생각이 다른지라 만사를 무릅쓰고 함께 목욕하기를 간청하였다. 드디어 콩쥐와 팥쥐는 옷을 연못가에 벗어 놓고 연못으로 들어가 목욕을 하게 되었다.

그리하여 콩쥐와 팥쥐는 한동안 더위를 잊은 듯이 시원한 물놀이를 즐길 때, 팥쥐가 슬금슬금 콩쥐를 깊은 곳으로 이끌고 가서 별안간 밀쳐 넣었다. 워낙 순식간의 일이었다. 그러니 어쩔 도리 없이 콩쥐는 그대로 물속으로 빠져들어 가라앉고 말았다. 슬프다! 콩쥐가 겨우 잡은 부귀영화를 마음껏 누려 보기도 전에 이렇듯 연못 귀신이 되고 말 줄을 누가 꿈엔들 알았겠는가?

음흉하고 요사스럽고 악한 팥쥐는, 콩쥐가 물속으로 들어간 채 물거품만 두어 번 솟구쳐 올렸을 뿐 이내 그대로 잠잠해지는 것을 제 눈으로 보고서야 마음이 통쾌해져서,

"그만하면 내 계교(計巧, 이리저리 생각하여 짜낸 꾀)가 마음대로 되는 것을, 쓸데없이 오랫동안 마음을 썩였구나!"

라고 뇌까리면서, 입가에 웃음을 띠며 급히 밖으로 나와서는 콩쥐의 옷을 제가 주워 입고 제 옷을 거두어 치워 버린 연후에 태연한 모습으로 마치 콩쥐인 양 별당 난간에 의지하여 연꽃을 바라보면서 못내 기뻐하였다.

감사가 이때 공사를 마치고 내아로 들어가자, 계집 하인들이 여쭈기를,

"마님께서는 후원 별당에서 홀로 연꽃을 구경하고 계시옵니다."

하므로, 감사는 발길을 후원으로 돌렸다.

김 감사는 콩쥐를 맞아들인 후로는 공사만 끝나면 콩쥐와 떨어져 있지 않으려고 하던 터였다. 그러므로 홀로 연꽃을 구경하고 있다는 말을 듣자 자기도 역시 연꽃을 구경하며 아울러 콩쥐가 연꽃을 사랑하는 의취(意趣, 마음이 쏠리는 데. 의향)도 들어 보려는 생각에서 급히 별당으로 들어갔다. 그러자 그때까지 난간에 기대어 꽃구경을 하고 있던 팥쥐가 재빨리 자리에서 일어나 웃음 띤 얼굴로 내려와 맞이하자, 감사도 또한 기쁜 낯으로 부인의 손목을 잡고서 다시 별당 난간으로 올라가 웃으며 말하였다.

"부인은 연꽃 구경으로 오늘은 얼마나 즐겁소?"

하며 이야기를 하다가 문득 그 얼굴을 보니, 전날의 모습과는 달리 푸르고 거무튀튀할뿐더러 얽기까지 한 것이었다. 그래 크게 놀라 낯빛마저 잃으면서 감사가 그 이유를 물으니 팥쥐는 이렇게 대답하였다.

"종일토록 이곳에서 서성거리며 영감께서 오시기를 기다리며 햇볕을 쐬었더니 이토록 검은빛이 되었습니다. 얽어 보이는 것은 다름 아니라 아까 영감께서 들어오시는 줄 알고 허둥지둥 뛰어가다가 그만 발이 걸려 콩멍석에 엎어지는 바람에 이 모양이 되었습니다."

하니, 감사는 그 말을 듣고 부인이 늙은 남편인 자기를 사모함을 고맙게 여겨 여러 말로 위로하며 자못 그렇게 얼굴이 변한 것만을 애석하게 여길 뿐, 사람이 바뀐 것은 전혀 깨닫지 못하였다.

콩쥐가 연꽃이 되었다가 노파의 도움을 받다

이럭저럭 며칠이 지난 후였다. 하루는 감사가 몸이 불편하여 일찍 공사(공무)를 마치고 들어와 연못가를 배회하고 있노라니, 못 가운데에 전날 보지 못하던 연꽃 하나가 눈에 띄었다. 꽃줄기가 유별나게 높이 솟아나 있을뿐더러 꽃 모양도 신기하며 아름다움이 비길 데 없으므로, 노복에게 그 꽃을 꺾어다가 별당 방문 앞에 꽂아 놓게 하고 감사는 그 꽃을 사랑하여 마지아니하였다.

그러나 팥쥐는 일찍이 깨달은 바 있으므로, 그와 같이 큰 꽃이 별안간 그다지도 곱고 아름답게 피어난 것을 보고 심상치 않게 생각하던 중이라, 영감이 그 방을 떠나면 들어가 보곤 하였다. 그런데 참으로 괴상한 것은 팥쥐가 그 방에서 나올 때마다 그 꽃송이 속에 손과도 같은 것이 있는 듯, 팥쥐의 머리채를 바당바당 쥐어뜯곤 하였다.

한두 번만이 아니요 번번이 그리하는 고로, 팥쥐는 매우 놀랍게 여기고 아주 미워하며 뇌까리기를,

"요것이 필연 콩쥐 년의 귀신이 붙은 것이다."

하고 그 꽃을 뽑아다가 불아궁이에 처넣었다.

그 후 과연 머리를 뜯기는 일도 없자, 팥쥐는 안심하고 무한히 상쾌하여 혼자서,

"콩쥐 년, 제아무리 죽은 귀신이 영특할지라도, 나의 알콩달콩 깨박이 쏟아지게 사는 것이 배만 아플 뿐이지, 다시는 별수가 없으렷다!"

하며 한시름 놓은 듯이 좋아하였다.

이제는 아무것도 꺼리는 바 없이, 콩쥐의 세간도 마구 뒤지며 제 마음대로 채를 잡으려(주도적인 역할을 하거나 주도권을 잡고 조종하려) 드는데, 다시금 이상한 일이 벌어졌다. 바로 이웃에 사는 할멈 하나가 불씨를 얻으려고 감사 댁 안채로 들어왔다. 예전부터 감사 부인과는 친숙한 터라, 바로 연못가 별당으로 가서 아궁이에서 불을 떠 가려 하는데, 아궁이 속을 들여다보니 불은 씨도 없이 꺼져 있고 난데없는 오색 구슬이 한 아궁이 가득히 대굴대굴하였다. 노파는 구슬이 탐이 나서 허겁지겁 구슬을 모조리 치맛자락에 쓸어 담아 가지고 급히 집으로 돌아가서는 남이 행여 알세라 하고 반닫이 속에 감추어 두었다.

그랬더니 천만뜻밖에도 반닫이 속에서,

"할멈! 할멈!"

하며, 부르는 소리가 감사 부인의 목소리와 흡사하였다. 노파가 매우 놀라 반닫이 문을 열고 보니, 어찌 된 까닭인지 감사 부인이 그 속에 들어앉아 있는 게 아닌가. 그리고 노파에게 반가운 기색으로,

"내가 본래 콩쥐라 하는 여자임은 김 감사와 혼인할 적에 사람들이 모두 알고 있거니와, 우리 계모가 데리고 들어온 딸 팥쥐라 하는 계집아이가 있어 항상 나를 모해코자 벼르다가, 이번에 무슨 정이 깊었던지 나를 찾아왔다가 여차여차 되었노라."

하며 그 연못에 빠져 죽은 사연을 낱낱이 밝히고서, 다시 노파의 귀에다 입을 대고 여차여차하여 달라고 부탁하였다.

노파는 이상도 하거니와 우선 무섭고 두려운 생각이 앞서므로 머리를 조아리며 응낙하고 그와 같은 묘계를 거행할 때 남한테 빚도 얻고 또 얼마간의 볏섬도 찧어 팔아서 돈을 장만하여 가지고 진수성찬(珍羞盛饌, 맛이 좋고 푸짐하게 차린 음식)으로 잔치를 베풀어 거짓으로 노파의 생일이라 일컫고, 노파는 몸소 김 감사를 찾아보고 공손히 아뢰었다.

"오늘은 소인의 생일이옵기에 변변치 못하오나 음식을 조금 준비하였기에 감히 사또의 행차를 청하오니 누추한 천인(賤人)의 집이오나 백성의 솟는 정을 생각하시고 잠시 들어오시면 박주(薄酒, 맛이 좋지 않은 술. '남에게 대접하는 술'을 겸손하게 이르는 말) 한 잔일망정 관과 민이 즐겨 볼까하나이다."

하고 여러 번 청하였더니, 김 감사도 그 노파의 뜻을 가상히 여겨 바쁜 시각을 쪼개어 노파의 집에 행차하게 되었다.

원혼 콩쥐가 김 감사에게 하소연하다

노파는 본디 아전의 계집으로서 사또의 행차를 맞게 됨은 다시없는 영광인지라 매우 기뻐하였다. 게다가 동리 사람들까지 '감사가 행차하신다' 하여 구경하러 모인 사람만도 자그만 노파의 집터를 메울 지경이 되었다.

김 감사는 노파 집에 이르러 상을 받으니, 온갖 음식이 안목을 황홀케 할 만큼 없는 것이 없이 풍성하게 차려 놓은지라 감사는 크게 칭찬하여, 술을 따라 두어 잔 마신 후에 이것저것 맛을 볼 생각으로 젓가락을 들어 한 번 상을 구르니, 한 짝은 길고 한 짝은 짧은 것이 손에 제대로 잡히지 아니하였다. 그러자 마음속으로 노파의 소홀함을 괘씸하게 여겨 좋지 못한 기색으로 참다 못하여 젓가락이 짝이 틀림을 나무랐다. 이때 노파가 미처 대답도 하기 전에 홀연 병풍 뒤에서 사람의 소리가 있어 대답하는 것이 아닌가?

"젓가락 짝이 틀린 것은 그렇게 똑똑히 아시는 양반이, 사람 짝이 틀린 것은 어찌하여 그토록 모르시나요?"

하는지라, 감사는 매우 놀랍게 여기면서 잠시 말을 멈추고 가만히 마음을 가다듬어 생각하여 보았으나, 아무리 궁리를 해 보아도 깨닫지 못하겠더라.

'내외의 짝이 틀리다니 이 어쩐 말일꼬? 도대체 이런 말을 하는 자가 사람인가 귀신인가?'

하고 감사는 이렇게 생각하다가도, 그동안 자기 아내의 행동에 종종 괴

상한 일이 있었음을 갑자기 깨달으며,

'필연 콩쥐에게 무슨 일이 있음이렷다!'

하여 바삐 돌아가 알아보리라 하는 생각에, 진수성찬도 입에 들어가지 아니할뿐더러 마치 바늘방석에 앉아 있는 듯만 하였다. 그러나 집에 돌아가고자 하는 생각뿐이라 억지로 주인 노파에게 칭찬하며 상을 물리고 일어서려 할 때, 별안간 병풍 뒤에서 녹색 저고리에 붉은 치마를 입은 한 미인이 스스럼 없이 앞으로 나와 감사에게 절하며 하는 말이,

"영감께서는 첩을 몰라보십니까?"

하고 물으니, 감사는 깜짝 놀라 어찌할 바를 모르다가 대답하였다.

"부인은 어찌 사람을 이같이 심하게 속이시오? 내가 어리석었든지 그대의 조롱이 심하였든지 간에 여지껏 하는 말을 전혀 깨달을 수 없으니, 이렇듯 지체 말고 빨리 사연을 말하여 답답함을 풀어 주기 바라오."

이와 같이 감사가 소청(訴請, 하소연하여 청함)하니,

"첩은 팔자가 사나워 고생을 면치 못하던 중에 영감의 두터우신 배려로 지체 있는 자리에 올랐삽기로, 배우지 못한 이 몸이나마 정성껏 받들고자 하였더니, 뜻밖에도 의붓동생인 팥쥐라 하는 계집아이의 독살스러운 해를 입어 이 몸은 이미 연못 귀신이 되었습니다. 본디 첩의 성질이 악하지 아니하므로 옥황상제께서 세상에 다시 나게 하셔서, 이에 이르러 못다 한 말씀을 여쭐까 하여 주인 노파께 신세를 끼치었으니, 영감께서는 이제 이렇게 된 이상 다른 생각일랑 갖지 마시고 팥쥐와 함께 내내 안녕하시기를 바랍니다."

하고는 흐느껴 울었다.

콩쥐는 되살아나고 팥쥐 모녀는 천벌을 받다

이야기를 다 듣고 나니 감사는 자기의 불찰(不察, 잘 살피지 아니한 잘못. 주의를 기울이지 아니함으로써 저지른 잘못)이 부끄럽고, 한편 팥쥐의 소행이 괘씸하고 몹시 원통하였다. 곧 선화당(감사가 업무를 보던 감영의 중심 건물)으로 나가, 팥쥐를 잡아 문초(問招, 지난날 죄인에게 죄를 캐묻는 것을 이르는 말)하는 한편, 사람들을 시켜서 연못의 물을 빼게 하니, 과연 콩쥐의 시체가 웃는 낯으로 누워 있었다.

급히 건져 내어 염습(殮襲, 죽은 이의 몸을 씻은 다음에 수의를 입히고 염포로 묶는 일)하려 할 때에 죽었던 콩쥐가 다시 숨을 돌리며 살아났다. 그럴 즈음 노파의 집에서 울음을 그치지 못하고 있던 콩쥐가 홀연히 온데간데없이 사라졌다. 이에 모든 관원과 읍내에 사는 백성들까지도 이 신기한 변화에 놀라지 아니하는 사람이 없었다.

그리하여 여러 사람이 한가지로,

"팥쥐 년은 천참만륙(千斬萬戮, 수없이 동강 내어 끔찍하게 죽임)되어야 마땅하다."

고 떠들썩하게 말하므로, 드디어 감사도 그것을 알게 되매 문초를 더욱 엄히 하였다.

팥쥐는 모든 형벌을 이기지 못하여 하나도 숨기지 않고 낱낱이 자백하니, 감사는 크게 꾸짖으며 즉시 팥쥐에게 칼을 씌워 옥에 가두고, 사실을 조정(朝廷, 임금이 나라의 정치를 집행하던 곳)에 보고하였다. 며칠이 지나서 조정에서 명령이 내려왔다. 감사는 그 명령대로 형리를 시켜 죄인

팥쥐를 수레에 매어 찢어 죽이고 그 송장을 젓으로 담아 항아리 속에 넣고 꼭꼭 봉하여 팥쥐 어미를 찾아 전하였다.

팥쥐 어미는 처음에 팥쥐가 흉계를 품고 콩쥐를 죽이러 들어갈 때 매우 기뻐하며,

"만만 조심하여 아무쪼록 성사하라."

고 부탁하여 보낸 후에, 곧 최만춘을 고추박이(미천한 여자의 남편'을 얕잡아 이르는 말)처럼 차 버리고 다른 서방을 얻어 갔다. 이는 혹시 훗날에 있을지도 모르는 만약의 경우를 생각하여 후환을 미리 막기 위해서였다. 그리하여 밤낮으로 팥쥐의 덕을 입고자 기다리고 있던 중에, 관가로부터 봉물(封物, 시골에서 서울에 있는 벼슬아치에게 보내는 선물을 이르던 말)이 왔다고 하는 소리에, 팥쥐 어미는 좋아라 하고 내달으며 후서방(재혼한 남편)을 안으로 불러들여,

"이것 보시오. 내 딸의 효도를 보시오. 사위를 잘 골라 시집을 보냈더니, 시집간 지 얼마 안 되어 어미에게 잊지 아니하고 이런 좋은 봉물을 보내는구려! 영감도 내 덕이 아니면 관가에서 나오는 봉물을 구경하겠소? 이것 보시오."

하고, 항아리 아가리를 동여맨 노끈을 풀어 봉한 기름종이를 헤쳐 보니, 큰 백항아리에 가득 든 것이 모두 젓갈이었다.

한편 또 따로 글씨를 쓴 종이가 들어 있기에 집어서 펴 보니, 종이에 이렇게 쓰여 있었다.

흉한 꾀로 사람을 속이는 자는 누구든지 이와 같이 젓으로 담그

고, 딸을 가르쳐 흉하고 독한 일을 실행케 한 자는 그 고기를 씹어
보게 하노라.

하였기에, 팥쥐 어미는 그 글을 읽고 팥쥐의 소행이 탄로나서 결국 죽
음을 당한 줄로 알고 끄르던 항아리를 그대로 버려 두고, 그만 기절하
여 자빠졌다.

그리하여 팥쥐 어미는 기절한 채 영영 일어나지 못하고, 풍도지옥(風
途地獄, 염라대왕 가운데 도시대왕의 지옥. 죽은 지 일 년이 되는 때에 도시대왕에게서
아홉 번째 심판을 받음. 제 남편을 놓아두고 남의 남편을 넘본 여자와 제 아내를 놔두
고 남의 아내를 넘본 남자가 가는 곳. 이곳에는 살을 에는 바람이 분다고 함)으로 모
녀가 서로 손을 잡고 가 버렸다.

한편 김 감사는 콩쥐에게 자기의 밝지 못했던 허물을 사과하고, 이웃
노파에게 상금을 후히 내린 다음, 다시 콩쥐와 더불어 다하지 못한 인
연을 뒤이으니 아들 셋을 낳고 딸도 낳아 화락한 나날을 보냈다.

콩쥐의 아버지 되는 최만춘도 찾아내어 정숙하고 덕 있는 여자를 취
하여 아들딸 낳고 단란한 살림을 이루게 해 주고, 세상 사람들에게 어
진 마음씨를 베풀어 어려운 사람 구제하기를 자기 일처럼 생각하고 돈
과 곡식을 아낌없이 내렸다. 이러한 김 감사 내외의 어진 덕을 모든 백
성이 칭송하고 그 은덕은 멀리 후세에까지 전해졌다.

조선 중엽 전라도 전주 부근에 퇴직 관리 최만춘이라는 사람이 부인 조씨와 딸 콩쥐를 데리고 단란하게 살고 있었다. 그러나 불행하게도 부인 조씨가 병을 얻어 세상을 떠난다. 최공은 부득이 배씨라는 과부를 얻어 후처를 삼는다. 배씨는 전 남편 소생인 팥쥐라는 딸을 데리고 최씨 가문에 들어온다. 원래 요사스럽고 간악한 배씨는 갖가지 방법으로 콩쥐를 구박한다.

어느 날 배씨가 두 딸을 불러 호미를 주며 농사일을 하라고 하면서, 팥쥐에게는 쇠 호미를 주어 집 근처 모래밭을 매게 하고, 콩쥐에게는 나무 호미를 주어서 먼 데 있는 자갈밭을 매게 한다. 얼마 매지도 않았는데 콩쥐의 나무 호미 자루가 부러진다. 콩쥐가 어찌할 줄 몰라 울고 있는데, 하늘에서 검은 소가 내려와 쇠 호미를 주고 맛있는 과일을 많이 주고 간다. 콩쥐는 밭을 다 매고 과일을 가지고 집으로 돌아온다. 계모는 콩쥐에게 욕을 퍼부으면서 과일을 모조리 다 빼앗아 콩쥐는 주지 않고 팥쥐와 함께 먹어 버린다. 또, 하루는 계모가 콩쥐에게 구멍난 독에 물을 채워 넣으라고 한다. 콩쥐는 아무리 물을 길어 독에 부어도 물이 채워지지 않아서 울고 있는데, 두꺼비가 나와서 독의 구멍을 막아 주어서 물을 채우게 된다.

한편 외갓집에서 잔치가 있으니 놀러 오라는 소식이 온다. 그러나 계모는 체면 없이 자기가 다녀오겠다면서, 콩쥐에게는 짜던 베를 다 짜고, 또 겉피 석 섬을 말려서 찧어 놓고 오라고 하고는 먼저 간다. 콩쥐가 외갓집에 가지 못하고 열심히 계모가 시킨 일을 하고 있는데, 하늘에서 선녀가 내려와서 베를 짜 주고 좋은 옷과 신을 주고 다시 하늘로 올라간다. 또 이상한 새들이 날아와서 겉피를 다 까 놓고 간다. 이에 콩쥐는 좋아하며 선녀가 준 옷을 입고 신발을 신고 외가로 간다. 가던 도중 콩쥐는 감사의 부임 행차 소리에 놀라 빨리 시내를 건너려다가 신발 한 짝을 물에 빠뜨린 채 달아난다. 김 감사는 광채가 나는 신발 한 짝을 보고 신기하게 여겨서 물에서 건져 신발 주인을 찾는다.

처음에는 계모 배씨가 상에 욕심을 내고 자기 신발이라고 나섰다가 신발에 발이 들어가지 않아 망신만 당한다. 그러자 손님으로 와 있던 어느 노부인이 그 신발이 콩쥐의 것임을 말한다. 신발의 주인이 콩쥐로 밝혀지자, 김 감사는 콩쥐의 처지를 듣고 그 덕행을 흠모하여 아내로 맞아들인다. 계모와 팥쥐는 하루 아침에 부귀를 누리게 된 콩쥐를 질투하던 끝에 흉계를 꾸미며, 팥쥐가 연못에서 함께 목욕하자고 간청하여 콩쥐를 깊은 곳에 밀어넣어 죽인다. 그리고 팥쥐는 콩쥐의 옷을 입고 콩쥐 행세를 하며 감사 부인이 된다.

어느 날 감사가 연못에서 신기한 연꽃을 발견하고, 그 꽃을 꺾어다가 병에 꽂아 두었더니, 그 연꽃이 팥쥐의 머리를 잡아뜯는다. 팥쥐는 견디다 못하여 그 연꽃을 부엌 아궁이에 넣어 태워 버린다. 이때 이웃집 노파가 김 감사의 집에 불씨를 얻으러 왔다가, 오색으로 빛나는 구슬이 아궁이 가득 들어 있는 것을 발견하고 가지고 간다. 그 구슬이 콩쥐로 변하여 노파에게 자기가 팥쥐에게 죽임을 당했다고 말한다. 그리고 김 감사를 노파의 집에 초대해 달라고 부탁한다.

노파의 초대를 받은 김 감사가 밥상에 놓인 젓가락이 짝짝이임을 알고 불쾌히 여겨 노파에게 이유를 물어본다. 그때, 병풍 뒤에서 홀연 "젓가락 짝이 틀린 것은 그렇게 똑똑히 아시는 양반이, 사람 짝이 틀린 것은 어찌하여 그토록 모르시나요?" 하는 소리가 난다. 이에 감사는 불안하여 성대하게 차린 음식도 먹지 않고 돌아가려 한다. 이에 콩쥐는 사람으로 변하여 감사 앞에 나타나서, 자기가 죽게 된 까닭을 이야기한다. 감사가 돌아가서 팥쥐를 문초하고 연못의 물을 퍼 내자, 웃는 낯으로 누워 있는 콩쥐의 시체가 나온다. 이를 건져내니 콩쥐가 다시 숨을 돌리며 살아난다.

감사는 팥쥐는 수레에 매어 찢어 죽이고 그 송장을 젓으로 담아 항아리 속에 넣고 어미 배씨에게 전한다. 그것을 받은 배씨는 기절하여 죽고 만다. 김 감사는 다시 콩쥐와 더불어 다하지 못한 인연을 이으면서 아들 셋을 낳고 딸도 낳아 행복한 나날을 보낸다.

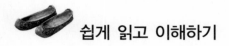

쉽게 읽고 이해하기

설화를 바탕으로 한 「콩쥐팥쥐전」

「콩쥐팥쥐전」은 '콩쥐팥쥐' 설화를 소설로 꾸민 작품으로, 서양의 신데렐라 계통(Cinderella Cycle)의 소설과 같은 것이다.

'콩쥐팥쥐'라는 이름의 어원과 그 의미를 살펴보면, 계모가 전처 소생의 딸을 미워하여 콩죽만 주어서 '콩쟁이'라 이름하고, 자기의 딸은 예뻐하여 팥죽을 주어 '팥쟁이'라고 불렀다고 한다. 이로써 추측한다면, 콩쥐팥쥐는 콩과 팥의 어간에 사람의 직업, 성질, 습관, 행동, 모양 등을 나타내는 '쟁이'(장匠이의 사투리)라는 말이 붙어 이루어진 것이라 할 수 있다. 그리고 '쟁이' '쥐'는 사람을 낮게 부르는 접미사이기도 하다. 또한 콩과 팥은 옛날 우리의 식생활에서 주식인 쌀 다음으로 우리 민족에게 매우 밀접한 관계에 있다. 예를 들면, '변덕이 팥죽 변하듯 한다', '콩으로 메주를 쏜다고 해도 못 믿는다' 등은 매우 동양적이고 우리 민족의 의식 속에 숨어 있는 속담들이다. 또한 '쥐'는 일반적으로 인간에게 해를 끼치는 동물로 알려져 왔으나, 한편으로는 '서생원'·'서동지' 등 인간과 가장 가까운 많은 이야기를 낳고 있는 동물이기도 하다. 따라서 이 소설의 주인공인 '콩쥐팥쥐'라는 이름은 특수화된 영웅이나 상층 계층의 이름이라기보다는, 보편적이고 민속적이며 서민에게 친밀감을 주는 이름이라고 할 수 있다.

계모의 학대와 조력자의 도움을 받는 이야기

이 소설에서 콩쥐에 대한 계모의 학대는 다섯 가지로 나타난다. 즉 나무 호미로 산비탈에 있는 자갈밭을 매게 하는 일, 밑 빠진 독에 물을 채우라고 하는 일, 베를 짜라고 하는 일, 겉피 석 섬을 찧으라고 하는 일, 외갓집 잔칫날 데려가지 않는 일 등이 그것이다. 그러나 이러한 학대는 매번 조력자(助力者, 도와주는 사람)의 도움으로 무사히 해결된다. 자갈밭은 검은 소가 매 주고, 밑 빠진 독은 두꺼비가 막아 물을 채우게 해 주고, 겉피 석 섬을 찧는 일은 하늘에서 이상한 새떼들이 날아와 부리로 껍질을 까 주고, 베는 하늘에서 직녀가 내려와 짜 준다. 직녀는 또한 콩쥐에게 아름다운 옷과 신발을 주면서 잔치에 참석할 수 있도록 도와준다. 그런데 이 작품에서 콩쥐는 자기가 해결할 수 없는 일에 부닥치면 먼저 울음을 터뜨린다. 울음은 일반적으로 많은 설화에서 되풀이되는 특징의 하나로 도움을 불러일으키는 역할을 한다.

콩쥐는 조력자의 도움으로 모든 일을 완수하고서야 잔치에 참석하게 된다. 이때 콩쥐는 가장 아름다운 모습으로 우리 앞에 나타난다. 그리고 기적같이 감사를 만나게 된다. 여기에서 온갖 시련의 과정이 감사를 만나 행복하게 살기 위한 하나의 시험 기간이라는 것을 알 수 있다. 곧, 시련을 극복한 자만이 그 보상으로 행복한 삶을 획득할 수 있다는 의미를 담고 있는 것이다. 콩쥐는 선녀가 준 옷을 입고 신발을 신고 외갓집 잔치에 가다가 마침 부임하는 감사의 행차에 놀라 신발 한 짝을 잃어버린다. 그 신 한 짝을 계기로 하여 콩쥐는 감사와 인연을 맺는다. 주인공의 운명을 바꿔 놓은 '신발'은 이 소설의 중심 소재이면서 복잡한 상징성을 띤다. 남부 중국에서는, 결혼할 신부가 정혼자에게 신발 한 켤레를 보내는 풍습이 있다. 이것은 미래 그녀가 남편에게 복종할 것을 나타내는 것이라고 한다. 어쨌든 '신발'은 남녀 결혼의 신표라는 의미를 지닌다. 「콩쥐팥쥐전」에서의 신발도 아름다운 개념으로서의 조그만 발의 개념과 결혼을 암시하는 것으로 해석할 수 있다.

죽음과 부활의 재생 구조

김 감사는 신발 한 짝의 주인을 찾는다. 결국 콩쥐의 발이 그 신에 꼭 맞아 김 감사와 결혼하게 된다. 그러나 행복이라는 결말 앞에 또 하나의 장벽이 가로막고 있다. 계모와 팥쥐가 음모를 꾸며서 콩쥐를 연못에 빠뜨려 죽게 한 것이다. 그러나 콩쥐는 다시 살아난다. 이러한 것을 두고 죽음과 부활의 '재생 구조'라고 한다. 이러한 구조는 민중들의 공통된 소망이라고 할 수 있다. 민중들은 자신들의 삶이 고단하고 어렵기 때문에, 콩쥐라는 이야기 속 인물을 실제 현실과 관련지어 소위 대리만족을 얻으려고 한 것이다. 그러므로 이 소설은 당시 서민들이 지닌 권선징악에 대한 강한 욕구와 행복한 삶에 대한 순수한 소망을 담고 있다고 할 수 있다.

「장화홍련전」은 계모와 전처 소생의 갈등을

다룬 계모형 가정소설로,

악한 행동에 대한

증오심을 환기시켜서 권선징악을

효과적으로 그려 내고 있다.

장화홍련전

(薔花紅蓮傳)

일찍이 어머니를 여의고 자매가 서로 의지하여 세월을 보냈더니,
천만뜻밖에 언니가 사람의 흉측한 모함을 당해 죄 없이 몹쓸 누명을 쓰고
마침내 원혼이 되니, 어찌 슬프지 않으며 원통하지 않겠습니까?

등장인물

장화와 홍련 악한 면이 전혀 없는 각색된 미인형이다. 계모의 극악무도한 행동에
대하여 불만이나 반감을 갖지 않는다. 계모 허씨와 도덕적인 면에서 서로
판이하게 다른, 이야기 속 전형적인 선한 인물이다.

허씨 선한 면이 전혀 없는 못생기고 추악한 외모의 여인이다. 외모 묘사를 통해
그보다 더 악한 내면과 성격을 드러내고 있다. 격분을 잘 하는 성격으로
시기심이 극심하여 악한 행동을 큰 죄책감 없이 행동으로 옮긴다.

배 좌수 재혼한 허씨 앞에서 전 부인의 덕을 말하고, 전실 자식인 장화와 홍련에게
애틋한 정을 표현하여 허씨의 시기심을 자극하고 갈등 요인을 제공한다.
뿐만 아니라 허씨가 장화를 죽이기 위해 흉계를 꾸몄을 때, 양반의 체통만을
중시하고 사건의 진상 파악에는 소홀하여 장화를 죽게 만든다. 또한 허씨의
적극적이고 악독한 행위에 비해 너무나 소극적이고 무능하다.

장화홍련전

장화 홍련이 어려서 어미를 잃다

세종대왕 시절에 평안도 철산군에 한 사람이 있었는데 성은 배씨요, 이름은 무룡이었다. 그는 본디 향반(鄕班, 시골에 살면서 여러 대에 걸쳐 벼슬 길에 오르지 못한 양반)으로 좌수(座首, 조선 시대에 향청의 우두머리를 이르던 말)를 지냈을 정도로 성품이 매우 순박하고 인정이 많으며 가산(家産)이 넉넉하여 부러울 것이 없었다. 다만 슬하에 일점 혈육이 없으므로 부부가 그 일을 슬퍼하였다.

그러던 어느 날, 부인 장씨가 몸이 곤하여 잠자리에 의지하여 조는 동안, 문득 한 선관(仙官)이 하늘에서 내려와 꽃 한 송이를 주었다. 부인이 이것을 받으려 할 때 갑자기 회오리바람이 일어나더니 그 꽃이 변하여 한 선녀가 되어 분명히 부인의 품속으로 들어왔다. 부인이 놀라 깨어 보니 꿈이었다.

부인이 좌수에게 꿈 이야기를 하며 괴이하게 여겼다. 좌수가 이 말을

듣고,

"우리가 자식이 없음을 하늘이 불쌍히 여기사 아이를 점지하심이오."
하며, 서로 기뻐하였다. 과연 그날부터 태기(胎氣)가 있어 열 달이 차니,
하루는 밤중에 향기가 진동하더니 순산하여 옥같은 딸을 낳았다.

아기의 용모와 기질이 특이하여 좌수 부부는 크게 사랑하며 이름을
장화(薔花)라 짓고 장중보옥(掌中寶玉, 손 안에 든 보배로운 옥이란 뜻으로, 가장
사랑스럽고 소중한 것을 비유하여 이르는 말)같이 길렀다.

장화가 두어 살이 되면서 장씨에게 또다시 태기가 있었다. 좌수 부부
는 밤낮으로 아들 낳기를 바랐으나 역시 딸을 낳았다. 그들은 마음이
서운하지만 어쩔 수 없어 이름을 홍련(紅蓮)이라 하였다. 장화·홍련 자
매가 점점 자라 가며 얼굴이 화려하고 기질이 기묘할 뿐 아니라 효행이
뛰어나니, 좌수 부부가 자매를 사랑함이 비길 데 없었다. 그러나 너무
숙성함을 매우 염려하였다.

그러던 가운데 한편 시운(時運, 시대나 때의 운수)이 불행하여 장씨는 홀
연히 병을 얻어 자리에 눕게 되었다. 좌수와 장화가 정성을 다하여 밤
낮으로 약을 썼지만, 병세가 날로 악화될 뿐이요, 조금도 효험이 없었
다. 장화는 초조하여 하늘에 빌며 어머니가 회복되기를 바랐다. 이때
장씨는 자기의 병이 낫지 못하리라 짐작하고, 나이 어린 두 딸의 손을
잡고 좌수를 청하여 슬퍼하며,

"첩이 전생에 죄가 많아 이 세상에 오래 살지 못할 것 같습니다. 죽는
것은 슬프지 않지만, 장화 자매를 기를 사람이 없사오니 지하에 갈지라
도 눈을 감지 못할 만큼 슬픕니다. 이제 골수에 맺힌 한을 가슴에 품고

죽으려 합니다. 외로운 혼백(魂魄)이 바라는 바는 다름이 아니오라 첩이 죽은 후에 다른 여인을 취하시면 낭군의 마음이 자연 변하기 쉬울 것이니, 그것이 두렵습니다. 낭군은 부디 첩의 유언(遺言)을 저버리지 마시고 지난날의 정(情)을 생각하시고, 이 두 딸을 불쌍히 여겨 다 큰 후에 좋은 가문(家門)에 배필을 얻어 봉황새의 짝을 지어 주신다면, 첩이 비록 어두운 저승 속에서라도 낭군의 은혜에 진심으로 감사하여 결초보은(結草報恩, 죽어 혼령이 되어서라도 은혜를 잊지 않고 갚는다는 뜻)하겠습니다." 하고 길이 탄식한 후, 이내 숨을 거두었다. 장화는 동생을 안고 하늘을 우러러 통곡하니, 그 가련한 정경은 보는 사람의 마음을 철석간장(鐵石肝腸, 쇠나 돌같이 굳고 단단한 마음)이 녹아 내리는 듯하게 하였다.

그럭저럭 장삿날이 되자 선산에 묻고, 장화 자매는 효심을 다하여 아침 저녁으로 상식(上食, 상 당한 집에서, 아침 저녁으로 제삿상 앞에 차려 올리는 음식)을 받들었다. 세월이 흘러 어느덧 삼년상이 지나갔다. 그러나 장화 형제의 망극함은 더욱 새로웠다.

계모 허씨가 장화 홍련을 시기하여 해치고자 하다

이때 좌수는 비록 죽은 아내의 유언을 생각하였지만 대 잇는 것을 생각하지 않을 수도 없었다. 이에 혼처를 두루 찾아보았으나, 원하는 여인이 없으므로 부득이 허씨라는 여인에게 장가를 들었다.

허씨의 용모를 말하자면 두 볼은 한 자가 넘고, 눈은 툭 튀어나왔고, 코는 질병 같고, 입은 메기 같고, 머리털은 돼지털 같고, 키는 장승만

하고, 목소리는 이리 소리 같고, 허리는 두 아름이나 되는 것이 게다가 곰배팔이(팔이 꼬부라져 붙어 펴지 못하거나 팔뚝이 없는 사람)요, 다리는 붓고 쌍언청이(위아래 잎술이 날 때부터 갈라져 있는 사람)를 겸하였고, 그 주둥이를 썰어 내면 열 사발은 되고, 얽기는 콩멍석(콩을 넣어 놓은 명석) 같으니 그 형상은 차마 바로 보기 어려운 데다가 그 심지가 더욱 불량하여 남이 하지 못할 노릇만을 골라 가며 행하니, 집에 두기가 잠시라도 견디기 힘들었다.

그래도 그것이 계집이라고 그달부터 태기가 있어 연달아 아들 삼 형제를 낳았다. 좌수는 그로 말미암아 어찌할 바를 모르고, 늘 딸과 더불어 죽은 장씨 부인을 생각하며, 잠시라도 두 딸을 못 보면 긴 세월같이 여기고, 돌아오면 먼저 딸의 방에 들어가 손을 잡고 눈물을 흘리며,

"너희 자매가 집 안에 있으면서, 어미 그리워함을 늙은 아비도 늘 슬퍼한다."

하며 가련히 여기는 것이었다. 허씨는 그럴수록 시기하는 마음이 크게 일어서 장화와 홍련을 모함하여 해치고자 꾀를 생각하였다. 이에 좌수는 허씨의 시기함을 짐작하고 허씨를 불러 크게 꾸짖었다.

"우리는 본래 가난하게 지내다가, 전처의 재물이 많아 지금 풍부히 살고 있소. 그대의 먹는 것이 다 전처의 재물이니 그 은혜를 생각하면 크게 감동해야 마땅한데, 저 어린것들을 심히 괴롭게 하니, 다시는 그러지 마오."

하고 타일렀지만 시랑(豺狼, 승냥이와 이리. '욕심이 많고 무자비한 사람' 또는 '간악하고 잔혹한 사람'을 비유하는 말) 같은 그 마음이 어찌 뉘우치겠는가. 그 후

로는 더욱 마음이 흉측해져 두 자매를 죽일 뜻을 밤낮으로 생각하였다.

하루는 좌수가 안채로 들어와 딸의 방에 앉으며 두 딸을 살펴보니, 딸 자매가 서로 손을 잡고 슬픔을 머금고 눈물로 옷깃을 적시기에, 좌수가 이것을 보고 매우 측은히 여겨 탄식하며,

"이는 분명히 죽은 네 어미를 생각하고 슬퍼함이로다."

하고, 역시 눈물을 흘렸다.

"너희들이 이렇게 다 자랐으니, 너희 어미가 살아 있었다면 오죽이나 기쁘겠느냐. 그러나 팔자가 기구(崎嶇, 사람의 세상살이가 순탄하지 못하고 방해나 장애물이 많음)하여 허씨 같은 계모를 만나 구박이 점점 더 심해지니, 너희들의 슬퍼함을 짐작하겠다. 이후에 이런 연고가 또 있으면 내가 처리하여 너희 마음을 편안케 하리라."

하고 나왔다. 이때 흉녀 허씨가 창 틈으로 이 광경을 엿보고 더욱 분노하여 흉계를 생각하다가 문득 깨닫고, 제 자식 장쇠를 불러 큰 쥐 한 마리를 잡아 오게 하였다. 그러고는 그 껍질을 벗기고 피를 발라, 낙태(落胎, 태아가 달이 차기 전에 죽어서 나옴)한 형상을 만들어 장화가 자는 방에 들어가 이불 밑에 넣고 나왔다. 좌수가 들어오기를 기다려 이것을 보이려고 하였는데 마침 좌수가 사랑채에서 들어왔다. 허씨가 좌수를 보고 정색하며 혀를 차는지라, 괴이하게 여긴 좌수가 그 연고(緣故, 그 이유나 까닭)를 물었다.

"집안에 흉측한 변이 있으나 낭군은 필시 첩의 모해(謀害, 모략을 써서 남을 해침)라 하실 듯하기에 처음에는 말씀드리지 못하였습니다. 낭군은 친어버이라, 나오면 이르고 들어가면 반기는 정을 자식들이 전혀 모르

고 부정한 일이 많으나, 내 또한 친어미가 아니므로 짐작만 하고 있었는데 오늘은 늦도록 기동치 아니하기에 몸이 불편한가 하여 들어가 보니, 과연 낙태를 하고 누웠다가 첩을 보고 미처 수습치 못하여 쩔쩔매는 것이었습니다. 그래서 첩의 마음에 놀라움이 컸지만, 저와 나만 알고 있거니와 우리는 대대로 양반이라 이런 일이 누설(漏泄, 비밀이 새어나감. 또는 새어나가게 함)되면 무슨 면목으로 세상을 살아가겠습니까."

좌수는 크게 놀라 이에 부인의 손을 이끌고 여아의 방으로 들어가 이불을 들추어 보았다. 이때 장화 자매는 잠이 깊이 들어 있었으니, 허씨가 그 피 묻은 쥐를 가지고 날뛰었다. 용렬한(사람됨이 변변하지 못하고 졸렬한) 좌수는 그 흉계를 모르고 놀라며,

"이 일을 장차 어찌하리오."

하며 고심하였다. 이때 흉녀가 하는 말이,

"매우 중대하고 어려운 일이오니 남이 모르게 죽여 흔적을 없이 하면, 남은 이런 줄은 모르고 첩이 심하여 애매한 전실(前室) 자식을 모함하여 죽였다고 할 것이요, 남이 알면 부끄러움을 면치 못할 것이니 차라리 첩이 먼저 죽어 모르는 게 나을까 합니다."

하고 거짓 자결하는 체하니, 저 미련한 좌수는 그 흉계를 모르고 급히 달려들어 붙들고 빌면서,

"그대의 진중한 덕은 내 이미 아는 바이니, 빨리 방법을 가르치면 저 아이를 처치하겠소."

하며 울거늘, 흉녀는 이 말을 듣고,

'이제는 원을 이룰 때가 왔다.'

하고, 마음에 기꺼워하면서도 겉으로는 탄식하여 하는 말이,

"내 죽어 모르고자 하였더니, 낭군이 이토록 염려하시니 부득이 참거니와, 저 아이를 죽이지 아니하면 장차 가문에 화를 면치 못할 것입니다. 기세양난(其勢兩難, 이리할 수도 저리할 수도 없어 일의 형편이 매우 딱함)이니 빨리 처치하여 이 일이 드러나지 않게 하십시오."

하였다. 좌수는 죽은 처의 유언을 생각하고 망극(罔極, 은혜가 워낙 커서 갚을 길이 없음)하나, 한편 분노하여 처치할 묘책을 의논하니, 흉녀는 기뻐하며,

"장화를 불러 거짓말로 속여 저희 외삼촌 댁에 다녀오게 하고, 장쇠를 시켜 같이 가다가 뒤 연못에 밀쳐 넣어 죽이는 것이 상책일까 합니다."

좌수가 듣고 옳게 여겨 장쇠를 불러 이리저리 하라고 계교를 가르쳐 주었다.

이때 두 소저는 죽은 어머니를 생각하고 슬픔을 금치 못하다가 잠이 깊이 들었으니, 어찌 흉녀의 이런 흉측함을 알 수 있었을까? 장화가 잠을 깨어 심신(心身)이 울적하므로 괴이하게 여겨 다시 잠을 이루지 못하고 일어나 앉아 있는데, 아버지가 부르기에 깜짝 놀라서 즉시 나갔다.

좌수가 장화에게 말하기를,

"너희 외삼촌 집이 여기서 멀지 않으니 잠시 다녀오너라."

하였다. 장화는 너무나 의외의 영(令)을 들었으므로 한편 놀랍고 한편 슬퍼 눈물을 머금고 말씀드렸다.

"소녀 오늘까지 문밖을 나가 본 일이 없었는데, 아버지는 어찌하여 이 깊은 밤에 알지 못하는 길을 가라 하십니까?"

좌수가 크게 화를 내고 꾸짖으며,

"장쇠를 데리고 가라 하였거늘 무슨 잔말을 하여 아비의 영을 거역하느냐."

하므로 장화 이 말을 듣고 크게 통곡하며,

"아버지께서 죽으라고 하신들 어찌 분부를 거역하겠습니까마는 밤이 깊었기로 어린 생각에 사정을 아뢸 따름입니다. 분부 이러하시니 황송하지만, 다만 부탁이오니 밤이나 새거든 가게 해 주십시오."

하였더니 좌수 비록 용렬하나, 자식의 정에 끌려 망설이므로 흉녀가 이렇듯 이야기 나누는 것을 듣고 갑자기 문을 발길로 박차며 꾸짖어 말하였다.

"너는 어버이 영을 순수히 따라야 마땅하거늘, 무슨 말을 하여 부친의 명(命)을 어기느냐."

하고 호령하니, 장화는 이에 더욱 서러우나 할 수 없이 울며,

"아버지 분부가 이러하시니, 다시 여쭐 말씀이 없습니다. 분부대로 하겠습니다."

하고 침실로 들어가 홍련을 불러 손을 잡고 울면서,

"아버지의 뜻을 알지 못하거니와 무슨 이유가 있는지 이 밤중에 외가에 다녀오라 하시니 마지못해 가긴 가지만, 이 길이 아무래도 불길하구나. 다만 슬픈 마음은 우리 자매가 어머니를 여의고 서로 의지하여 세월을 보내며 조금이라도 떠나지 않고 지내더니, 천만뜻밖에 이 일을 당하여 너를 외로운 빈방에 혼자 두고 갈 일을 생각하면 가슴이 터지고 간장이 타는 내 심사는 청천일장지(靑天一長紙, 푸른 하늘을 한 장의 큰 종이

로 삼아서)라도 다 기록하지 못하겠구나. 아무쪼록 잘 있거라. 내 가는 길이 좋지 못할 듯하나 되도록 돌아올 것이니 그사이 그리움이 있을지라도 참고 기다려라. 옷이나 갈아입고 가야겠다."

하고 옷을 갈아입은 후, 장화는 다시 손을 잡고 울며 아우에게 경계하여,

　"너는 아버지와 계모를 극진히 섬겨 잘못함이 없게 하고 내가 돌아오기를 기다리면, 내 가서 오랫동안 있지 않고 수삼 일에 다녀오겠다. 그동안 그리워 어찌하리. 너를 두고 가는 마음 헤아릴 길 없으니, 너는 슬퍼 말고 부디 잘 있거라."

하고 말을 마치고 목놓아 울며 손 붙잡고 서로 헤어지지 못하니, 슬프다! 생시에 그지없이 사랑하던 그 어미는 어찌 이런 때를 당하여 저 자매를 보살피지 못하는가.

계모의 계략으로 장화가 못에 빠져 죽다

　이때 흉녀 밖에서 장화의 이렇듯 함을 듣고는 들어와, 시랑 같은 소리를 지르며 말하였다.

　"네 어찌 이렇게 요란히 구느냐?"

하고 장쇠를 불러,

　"네 누이를 속히 외가에 데려다 주라 했는데, 그냥 있으니 어쩐 일이냐?"

　그러자 돼지 같은 장쇠는 바로 염라대왕의 분부나 받은 듯이 소리를 벼락같이 질러 어깨춤을 추며 삼간 마루를 데구루루 구르며 소리치기를,

"누님은 빨리 나와요. 부친 명을 거역하여 공연히 나만 꾸지람 듣게 하니, 이 아니 원통하오."

하며 재촉이 성화 같으므로 장화는 어쩔 수 없이 홍련의 손을 떨치고 나오려 하였다. 이때 홍련이 언니의 옷자락을 잡고 울면서,

"우리 자매 잠시도 떨어지지 않았었거늘, 갑자기 오늘은 나를 버리고 어디로 가려고 합니까?"

하며 쫓아 나오니, 장화는 홍련의 모습을 보며 간장(肝腸)이 마디마디 끊어지는 듯하지만, 홍련을 달래며,

"내 잠시 다녀오겠으니 울지 말고 잘 있거라."

하며 설움에 잠겨 말끝을 맺지 못하였다. 노복(사내종)들도 이 광경을 보고 눈물 아니 흘리는 자가 없었다. 홍련이 언니의 치마폭을 잡고 놓지 않자, 흉녀가 들이닥쳐 홍련의 손을 뿌리치며,

"네 언니가 외가댁에 가는데 네 어찌 이처럼 요망스럽게 구느냐."

하며 꾸짖으므로, 홍련은 맥없이 물러섰다. 흉녀가 장쇠에게 넌지시 눈짓하니 장쇠의 재촉이 성화 같았다. 장화는 마지못해 홍련을 이별하고 아버지에게 작별을 고하고 말에 올라 통곡하며 나섰다.

장쇠가 말을 급히 몰아 산골짜기로 들어가 한 곳에 다다르니, 산은 첩첩 수많은 봉우리요 물은 잔잔 수많은 골짜기였다. 초목이 무성하고 소나무와 잣나무가 자욱하여, 인적이 적막한데 달빛만 휘영청 밝고, 구슬픈 두견 소리 일촌간장(一寸肝腸, 한 토막의 창자라는 뜻으로, 애달프거나 애가 탈 때의 마음을 형용하여 이르는 말)을 다 끊어 놓는다.

장화가 굽어보니 소나무 숲 가운데 못이 하나 있는데 크기가 사십여

리요, 그 깊이는 알지 못할 정도였다. 한 번 보니 정신이 아득하고 물소리만 처량한데, 장쇠 말을 잡고 장화를 내리라 하니 장화는 깜짝 놀라며 큰 소리로 장쇠를 나무랐다.

"이곳에 내리라 함은 어쩐 일이냐?"

하니, 장쇠가 대답하였다.

"누이의 죄를 알 것이니 어찌 물으오? 그대를 외가에 가라 함은 정말이 아니라, 그대의 잘못이 많으니, 계모가 착하여 모르는 체하시더니 이미 낙태한 일이 발각되었으므로, 나를 시켜 남이 모르게 이 못에 넣고 오라 하기에, 이곳에 왔으니 속히 물에 들어가오."

하며 말에서 잡아 끌어내는 것이었다. 장화가 이 말을 들으니 청천벽력(靑天霹靂, 맑게 갠 하늘에서 치는 벼락이란 뜻으로, 뜻밖의 큰 변을 비유하여 이르는 말)이 내리는 듯 넋을 잃고 소리를 지르며,

"하늘도 야속하오, 이 일이 웬일이오? 무슨 일로 장화를 내시고 또 천고에 없는 누명을 씌워 이 깊은 못에 빠져 죽어 속절없이 원혼이 되게 하시는고? 하늘이여 굽어살피소서. 장화는 세상에 난 후로 문밖을 몰랐는데, 오늘날 애매한 누명을 썼으니 전생에 죄악이 그렇게 무거웠던가? 우리 어머니는 어찌 세상을 버리시고, 슬픈 인생을 남겼던고. 간악한 사람의 모함을 받아 단불(한창 세차게 타오르는 불)에 나비 죽듯 죽는 것은 슬프지 않지만, 원통한 이 누명을 어느 시절에 씻으며 외로운 내 동생은 장차 어찌 될 것인가?"

하며 통곡하다 기절하니, 그 모습에 목석의 간장이라도 서러워하련마는, 저 흉악하고 무정한 장쇠 놈은 서서 다만 재촉할 뿐이었다.

"이 적막한 산중에 밤이 이미 깊었는데, 아무래도 죽을 인생 발악해야 무엇하나. 어서 빨리 물에 들어가라."

하니, 장화가 정신을 가다듬고,

"나의 그지없이 슬프고 딱한 사정을 들어라. 너와 나는 비록 배는 다르나 아비 골육은 한가지라, 전에 우리를 우애하던 정을 생각하여 영영 저승으로 돌아가는 목숨을 가련히 여겨 잠시 말미를 주면, 삼촌 집에도 가고 돌아가신 어머니의 묘에 하직이나 하고 외로운 홍련을 부탁하여 위로하고자 하니, 이는 내 목숨을 보존코자 함이 아니라, 변명하면 계모의 시기가 있을 것이요, 살고자 하면 아버지 명을 거역하는 것이니 일정한 명대로 하겠다. 부디 잠시만 말미를 주면 다녀와 죽음을 청하겠다."

하며 비는 소리, 애원이 처절하나 목석 같은 장쇠 놈은 조금도 측은한 빛 없이 재촉만 성화같이 하였다. 장화는 더욱 슬퍼 하늘을 우러러 통곡하며,

"하늘은 이 억울한 사정을 살피소서. 이 몸 팔자 기박하여, 칠 세에 어미를 여의고 자매 서로 의지하여 서산에 지는 해와 동녘에 돋는 달을 대할 때면 간장이 슬퍼지고, 후원에 피는 꽃과 섬돌에 나는 풀을 볼 때면 슬퍼서 눈물이 비 오듯 지내왔는데, 십 년 후 계모를 얻으니 성품이 흉악하여 구박이 점점 심해지니, 서러운 슬픈 마음을 이기지 못하오나, 밝으면 부친을 따르고 해가 지면 돌아가신 어머니를 생각하며 자매 서로 손을 잡고, 기나긴 여름날과 적막한 가을밤을 탄식으로 살아왔었는데, 몹시 흉악한 계모의 악랄함에서 벗어나지 못하고 오늘날 물에 빠져

죽게 되었으니 이 장화의 억울함을 바로잡아 주소서. 홍련의 일생을 어여삐 여기셔서 저 같은 인생을 본받게 하지 마옵소서."

하고 장쇠를 돌아보며,

"나는 이미 누명을 쓰고 죽지만 저 외로운 홍련을 어여삐 여겨 잘 인도하여 부모에게 죄 짓는 일이 없게 하고, 아무 탈 없이 백 세까지 부모를 잘 모시기 바란다."

하며 왼손으로 치마를 걷어잡고 신발을 벗어 못가에 놓고, 발을 구르며 눈물을 비 오듯 흘리고 오던 길을 향하여 미친 듯이 통곡하며,

"불쌍하구나, 홍련아, 적막한 깊은 규중에 너 홀로 남았으니, 가엾은 네 인생이 누구를 의지하고 살아간단 말이냐. 너를 두고 죽는 나는 쓰라린 이 간장이 굽이굽이 다 녹는다."

말을 마치고 만경창파(萬頃蒼波, 한없이 넓은 바다나 호수의 푸른 물결)에 나는 듯이 뛰어드니, 참으로 애닮도다. 갑자기 물결이 하늘에 닿으며 찬바람이 일어나고 월광이 무색한데, 산중으로부터 큰 범이 내달아 꾸짖기를,

"네 어미 무도하게 애매한 자식을 모해하여 죽이니 어찌 하늘이 무심하겠느냐."

하며 달려들어 장쇠 놈의 두 귀와 한 팔, 한 다리를 떼어먹고 온데간데 없이 사라지고 장쇠가 기절하여 땅에 거꾸러지니 장화의 탔던 말이 크게 놀라 집으로 돌아왔다.

홍련이 언니의 죽음을 알게 되다

흉녀는 장쇠를 보내고 밤이 깊도록 아니 오므로 매우 이상히 여기는데 갑자기 장화가 타고 간 말이 소리를 지르고 달려왔다. 흉녀가 생각하기를 장화를 죽이고 온 줄 알고 내다보니, 말은 온몸에 땀을 흘리고 들어오는데 사람은 없었다. 흉녀는 크게 놀라 노복을 불러 불을 밝히고 말 오던 자취를 더듬어 찾아가게 하였다.

이윽고 한 곳에 다다라 보니, 장쇠가 거꾸러졌기에 놀라 자세히 살펴보니, 한 팔, 한 다리와 두 귀가 없고 피를 흘리며 인사불성(人事不省, 정신을 잃어 의식이 없음)이라 모두가 놀라 어찌할 바를 몰랐다. 그때 문득 향내가 진동하며 찬바람이 소슬하므로 괴이하게 여겨 사방을 두루 살펴보니 향내가 못 가운데서 나는 것이었다.

노복이 장쇠를 구하여 오니, 그 어미 놀라 즉시 약을 먹이고 상한 곳을 동여 주니, 장쇠 비로소 정신을 차렸다. 흉녀가 크게 기뻐하며 그 사연을 물으니, 장쇠가 전후 사연을 다 말하였다. 그 말을 들은 흉녀는 장화를 더욱 원망하며 홍련을 마저 죽이려고 밤낮으로 생각하였다.

그러던 중 홍련이 또한 집안일을 전혀 모르다가 집 안이 소란함을 보고 괴이하게 여겨 계모에게 그 이유를 물으니,

"장쇠는 요괴스런 네 언니를 데리고 가다가 길에서 범을 만나 물려서 병이 위중하다."

하기에 홍련이 다시 사연을 물으니, 흉녀는 눈을 흘기며,

"네 무슨 요사스런 말을 이렇게 하느냐?"

하고는 일어나므로, 홍련이 이렇듯 학대함을 보고 가슴이 터지는 듯하며 온몸이 떨려, 제 방으로 돌아와 언니를 부르며 통곡하다가 홀연 잠이 들었다.

비몽사몽간에 물속에서 장화가 황룡을 타고 북해로 향하는데, 홍련이 내달아 물으려 하니 장화는 본 체도 안 하는 것이었다.

홍련이 울며,

"언니는 어찌 나를 본 체도 안 하시고 혼자 어디로 가십니까?"

하니, 그제서야 장화가 눈물을 뿌리며,

"이제는 내 몸이 가는 길이 달라서 내 옥황상제께 명을 받아 삼신산으로 약을 캐러 가는데, 길이 바쁘기로 정회를 베풀지 못하지만 너는 나를 부정하다고 여기지 말아라. 내 장차 때를 보아 너를 데려가마."

하며 이야기할 즈음에 장화가 탄 용이 소리를 질렀다. 홍련이 깨달으니 잠자리에서 꾼 꿈이었다.

기운이 서늘하고 땀이 나서 정신이 아득하였다. 홍련은 이에 아버지에게 이 사연을 전하며 통곡하여 하는 말이,

"오늘을 당하여 소녀의 마음이 무엇을 잃은 듯하여 자연히 슬프오니 언니가 이번에 가서 필경 무슨 연고가 있어 사람의 해를 입었나 봅니다."

하고 미친 듯이 목놓아 울었다. 좌수가 딸의 말을 듣고, 숨통이 막혀 한마디 말도 못하고 다만 눈물만 흘렸다. 그때 흉녀가 곁에 있다가 왈칵 성을 내며,

"어린것이 무슨 말을 해서 어른의 마음을 이다지도 슬프고 아프게 하느냐?"

하며 등을 밀어내기에 홍련이 울며 나와 생각하기를,

'내 꿈 이야기를 여쭈니 아버지는 슬퍼하시며 아무 말도 못 하시고, 계모는 낯빛을 바꾸며 이렇듯 구박하니, 이는 반드시 이 가운데 무슨 까닭이 있다.'

하며 그 까닭을 몰라 애쓰고 있었다.

하루는 흉녀가 나가고 없기에 장쇠를 불러 달래며 언니의 행방을 탐문하였다. 장쇠는 감히 속이지 못하고 장화의 전후 사연을 거짓 없이 말하였다. 그제야 언니가 애매하게 죽은 사실을 알고 깜짝 놀라 기절하였다가 겨우 정신을 차려 형을 부르며,

"가련하다, 형님이여! 짐작하기 어려운 흉녀로다! 자상한 우리 언니, 이팔청춘 꽃다운 시절에 망측(罔測)한(정상적인 상태에서 벗어나 너무나 어이가 없거나 차마 볼 수가 없는) 누명을 몸에 쓰고 푸른 물결에 몸을 던져 천추원혼(千秋怨恨, 오래고 긴 세월 동안 원통하게 죽은 사람의 넋) 되었으니, 뼈에 새긴 이 원한을 어찌하여 풀어 볼까. 참혹하다 우리 언니, 가련한 이 동생을 적막한 공방에 외로이 남겨 두고 어디 가서 안 오시나. 저승에 돌아간들 이 동생이 그리워서 피눈물 지으실 때에 구곡간장(九曲肝腸, 굽이굽이 깊이 서린 창자라는 뜻으로, '깊은 마음속' 또는 '시름이 쌓인 마음속'을 비유하여 이르는 말)이 다 녹았을 것이로다. 고금에 이르도록 이런 억울하고 원통한 일이 또 어디 있으리오. 하늘이시여 살피소서. 소녀는 세 살 때에 어미를 잃고 언니를 의지하여 지내왔는데, 이 몸이 죄가 많아 모진 목숨이 외로이 남았다가 이런 변을 또 당하니, 언니와 같이 더러운 꼴 보지 말고 차라리 이 내 몸이 일찍 죽어 외로운 혼백이라도 언니를 따라갈까

하나이다."

말을 마치니 눈물은 비 오듯 하며 정신이 아득하였다. 아무리 언니의 죽은 곳을 찾아가고자 하나 규중 처녀의 몸으로 문밖 길을 모르니, 어찌 그곳을 찾으랴? 침식을 전폐하고 밤낮을 한탄할 뿐이었다.

홍련이 언니를 따라 못에 빠져 죽다

하루는 청조(靑鳥, 푸른 빛깔의 새 혹은 파랑새. 동방삭이 파랑새가 온 것을 보고 서왕모의 사신이라고 한 고사에서 사자, 혹은 편지를 일컬음) 한 마리가 날아와서 백화가 만발한 사이를 오락가락하기에 홍련이 마음속으로 생각하기를,

'내 언니의 죽은 곳을 몰라 밤낮으로 궁금하여 한이 되는데 저 파랑새 비록 미물이나마 저렇듯 왕래하니 필경 나를 데려가려 왔나 보다.'

하며 슬픈 정회를 진정치 못하여 좌불안석(坐不安席, 불안하거나 걱정스러워 한 군데에 오래 앉아 있지 못함)하였다. 그러다가 문득 보니 파랑새는 간 곳이 없어, 서운한 마음이 비할 데 없었다.

날이 다시 밝으니 홍련이 또 파랑새가 오기를 기다렸으나 끝내 오지 않아 슬픔을 이기지 못하여 창을 의지하고 생각하기를,

'이제는 청조가 오지 않아도 언니 죽은 곳을 찾아가야겠다. 이 일을 아버지께 말씀드리면 못 가게 하실 테니, 이 사연을 기록하여 두고 가야 하겠다.'

하고 즉시 붓과 종이를 꺼내어 유서를 썼다. 그 글에 적기를,

슬프다. 일찍이 어머니를 여의고 자매가 서로 의지하여 세월을 보냈더니, 천만뜻밖에 언니가 사람의 흉측한 모함을 당해 죄 없이 몹쓸 누명을 쓰고 마침내 원혼이 되니, 어찌 슬프지 않으며 원통하지 않겠습니까? 홍련은 부친 슬하에 이미 십여 년을 모셨다가 오늘날 가련한 언니를 쫓아가니, 지금 이후로는 부친의 용모를 다시 뵙지 못하고 음성조차 들을 길이 없습니다. 이런 일을 생각하면 눈물이 앞을 가려 가슴이 멥니다. 아버지께서는 부디 불초여식(不肖女息, 어리석고 못난 딸)을 생각지 마시고 만수무강하십시오.

하였다. 이때는 새벽이라, 달빛이 밝고 맑은 바람이 쓸쓸한데, 문득 파랑새가 날아와 나무에 앉으며 홍련을 보고 반기는 듯 지저귀는 것이었다. 그것을 보며 홍련이 말하였다.

"네 비록 날짐승이나 우리 언니 계신 곳을 가르쳐 주려 왔느냐?"

그 파랑새가 듣고 응하는 듯해서 홍련이 다시,

"네 만일 나를 가르쳐 주려 왔거든 길을 인도하면 너를 따라가겠다."

하니, 파랑새는 고개를 조아리며 응하는 듯하기에 홍련이,

"그러하면 네 잠시 머물러 있어라. 함께 가자."

하고 유서를 벽에 붙이고 방문을 나오며 길게 통곡하여 말하기를,

"가련하다, 내 신세여! 이 집을 나가면 언제 다시 이 문 앞을 보겠는가."

하며 파랑새를 따라갔다. 몇 리를 못 가서 동방이 밝아 오므로 점점 나아가니, 청산은 겹겹이요 장송은 무성한데 백조는 슬피 울어 사람의 심회를 돋우었다.

파랑새가 한 못가에서 주저하기에 홍련이 좌우를 살펴보았다.

그러자 물 위에 오색 구름이 자욱한 속에서 슬픈 울음소리가 나며 홍련을 불러 이르는 말이,

"너는 무슨 죄로 천금같이 귀중한 목숨을 속절없이 이곳에다 버리려고 하느냐. 사람이 한번 죽으면 다시 살지 못하나니, 가련하다 홍련아, 세상일은 헤아리기 힘드니 이런 일일랑 다시 생각지 말고 어서 돌아가 부모님께 효도하고 성현 군자를 만나 아들 딸 고루 낳아 기르며, 돌아가신 어머니 혼령을 위로해라."

하는 것이었다. 홍련은 이것이 언니의 소리임을 알아듣고 급히 소리 질렀다.

"언니는 전생에 무슨 죄로 나를 두고 이 곳에 와 외로이 있습니까? 내 언니를 버리고 혼자 살 길이 없으니 함께 돌아다니고자 합니다."

이렇게 말하고 또 들으니 공중에서 울음소리가 그치지 아니하고 슬피 울기에, 홍련이 더욱 서러워 정신을 차리지 못하다가 겨우 진정하여 하늘에 절하며 축수하여(두 손 모아 빌어) 하는 말이,

"비나이다 비나이다. 빙옥(氷玉, 얼음과 옥을 아울러 이르는 말)같이 맑은 우리 언니, 몹쓸 누명 쓰고 그 원통함을 풀어 주십시오. 천지신명은 이 홍련의 억울하고 원통한 한을 밝게 굽어살피십시오."

하고 큰 소리로 통곡하며 슬피 울 때에, 공중에서 홍련을 부르는 소리에 더욱 슬퍼져 오른손으로 치마를 휘어잡고 나는 듯이 물속으로 뛰어드니, 슬프고도 애달프다. 햇살이 무색하고 그 후로는 물 위에 안개 자욱한 속으로 슬피 우는 소리가 밤낮으로 계속되어 계모의 모함으로 애매하게 죽은 것을 자세히 되풀이하니, 이는 멀고 가까운 사람이 다 알

게 하기 위해서였다.

　장화 자매의 애원한 한이 구천(九泉, 땅속 깊은 밑바닥이라는 뜻으로, 죽은 뒤에 넋이 돌아가는 곳을 이르는 말)에 사무쳐 늘 원통함을 풀려고 하니 아문(衙門, 왕조 때, 상급의 관아 또는 관아를 통틀어 이르는 말)에 들어가 지극히 억울한 원한을 아뢰려 하면 철산 부사마다 놀라 기절하여 죽어나갔다.

　이렇듯이 철산 부사로 오는 사람은 도임(지방의 관리가 근무지에 도착함)한 이튿날이면 죽으니, 그 후로는 부사로 오는 사람이 없어 철산군은 자연 폐읍(廢邑, 잘못된 폐해가 많아 어지러운 고장. 여기서는 새로 부임한 사또마다 죽고, 또한 귀신이 나타난다는 소문이 돌아 마을이 소란스러운 것을 뜻함)이 되었고, 해마다 흉년이 들어 사람이 굶어 죽을 지경에 이르니 백성들이 사방으로 헤어져 한 고을이 텅 비게 되었다.

　이러한 사연으로 여러 번 장계(狀啓, 왕명으로 지방에 파견된 벼슬아치가 글로 써서 올리던 보고)를 올리니, 임금이 크게 근심하여 조정에서는 의논이 분분하였다.

신임 부사 앞에 홍련이 나타나 억울함을 호소하다

　하루는 정동우(鄭東祐)라 하는 사람이 부사로 가기를 자원하였다. 이는 성품이 강직하고 체모(體貌, 몸차림이나 몸가짐)가 정중한 사람이라 임금이 듣고 신하들을 불러 분부를 내렸다.

　"철산읍에 이상한 변이 있어 폐읍이 되었다 하므로 염려하던 중, 경이 이제 자원하니 심히 다행하고 아름다우나, 또한 근심이 되니 십분

조심하여 백성들을 편안케 하라."

하고 철산 부사로 임명하였다. 부사가 그 은혜에 감사하고 물러나와 즉시 도임하여 이방을 불러 말하였다.

"내 들으니, 네 고을에 관장이 도임한 후면 즉시 죽는다 하니 과연 옳으냐?"

이방이 대답하였다.

"아뢰옵기 황송하오나 오륙 년 이래로 도임한 사또마다 밤이면 비몽사몽간에 꿈에 깨닫지 못하고 죽으니 그 까닭을 알지 못하겠나이다."

하므로 부사는 다 듣고 나서 분부를 내렸다.

"너희들은 밤에 불을 끄고 잠을 자지 말며 고요히 동정을 살피라."

이방이 그 분부를 귀 기울여 듣고 나갔다.

이리하여 부사는 객사에 가서 등불을 밝히고 『주역』을 읽는데, 밤이 깊은 후에 홀연히 찬바람이 일어나며 정신이 아득하여 어찌할 바를 모르는데, 난데없는 한 미인이 녹의홍상(綠衣紅裳, 연두저고리와 다홍치마라는 뜻으로, '젊은 여인의 고운 옷차림'을 이르는 말)으로 천천히 들어와 절하는 것이었다. 부사는 정신을 가다듬어 물었다.

"너는 어떠한 여자인데 이 깊은 밤에 와서 무슨 사정을 말하려 하느냐?"

그 미인이 고개를 숙이고 몸을 일으켜 다시 절하며 말하였다.

"소녀는 이 고을에 사는 배 좌수의 딸 홍련입니다. 소녀의 언니 장화는 칠 세 되었고 소녀는 삼 세 되던 해에, 어미를 여의고 아비를 의지하여 세상을 보냈는데, 아비가 후처를 얻었나이다. 후처의 성품이 사납고 시기가 극심하던 중 공교롭게도 연이어 세 아들을 낳았나이다. 아비는 여기에 혹하여 계모의 참소(讒訴, 남을 헐뜯어서 없는 죄를 있는 듯이 꾸며 고해 바치는 일)를 그대로 받아들여 소녀의 자매를 박대함이 점점 심하였지 만, 소녀의 자매는 그래도 어미라 계모 섬기기를 극진히 하였습니다. 그러나 계모의 박대와 시기는 날로 심해졌습니다.

본디 소녀의 어미가 재물이 많아 노비가 수백 인이요, 전답이 천여 석이었습니다. 금은보화도 많았습니다. 소녀의 자매가 출가하면 재물 을 다 가질 생각으로 소녀의 자매를 죽여 재물을 빼앗아 제 자식을 주 고자 하여, 밤낮으로 해치려는 뜻을 두었나이다. 그리하여 몸소 흉계를 내어 큰 쥐를 벗겨 피를 많이 바르고 낙태한 형상을 만들어 언니의 이 불 밑에 넣고 아비를 속여 죄를 씌운 후에 거짓으로 외삼촌 집으로 보 낸다 하고 갑자기 말을 태워 그 아들 장쇠 놈으로 하여금 데려다가 못 가운데 넣어 죽게 했습니다.

소녀 이 일을 알고 억울하고 원통하여, 소녀 또한 구차하게 살다가 또 어떤 흉계에 빠질까 두려워 마침내 언니가 빠져 죽은 못에 빠져 죽 었나이다. 죽음은 서럽지 않으나 이 억울한 누명을 씻을 길이 없기에 더욱 원통하여, 새로 도임한 사또에게 원통한 사정을 아뢰고자 하였는 데, 모두 놀라 죽으므로 뼈에 맺힌 원한을 이루지 못하였나이다. 이제 천행으로 사리가 밝으신 사또를 맞아 감히 원통한 사정을 아뢰오니, 사 또는 소녀의 슬픈 혼백을 불쌍히 여기셔서 천추의 원한을 풀어 주시고 언니의 누명을 벗겨주십시오."

말을 맺고 일어나 하직하고 나가기에 부사는 괴이하게 여기며,

'당초에 이런 일이 있어 폐읍이 되었도다.'
하였다.

부사가 장화 홍련의 원한을 풀어 주다

이튿날 아침에 동헌에 나아가 이방을 불러 물었다.

"이 고을에 배 좌수라는 사람이 있느냐?"

"예, 배 좌수가 있습니다."

"좌수 전후처의 자식이 몇이나 있느냐?"

"두 딸은 일찍 죽었고 세 아들이 살아 있나이다."

"두 딸은 어찌하여 죽었다 하더냐?"

"남의 일이라 자세히는 알지 못하나, 대강 듣기로 그 큰딸이 무슨 죄가 있어 연못에 빠져 죽은 후, 그 동생은 자매의 정이 깊어 밤낮으로 통곡하다가 필경 언니의 죽은 못에 빠져 죽어 함께 원혼이 되어 날마다 못가에 나와 앉아 울며, '계모의 모함으로 누명을 쓰고 죽었노라' 하며 수없이 하소연을 하여 행인들이 듣고 눈물을 흘리지 않는 사람이 없다고 합니다."

하는 것이었다. 부사가 다 듣고 나서 즉시 관차(官差, 관가의 차사. 관아에서 보내던 아전)에게 분부를 내렸다.

"배 좌수 부부를 잡아들여라."

하니, 관차는 영을 듣고 삽시간에 잡아왔다.

부사가 좌수에게 물었다.

"내 들으니 전처의 두 딸과 후처의 세 아들이 있다 하는데 그것이 사실인가."

"그러하옵니다."

"다 살아 있는가?"

"두 딸은 병들어 죽었고, 다만 세 아들이 살았습니다."

"두 딸이 무슨 병으로 죽었는지 바른 대로 아뢰면 죽기를 면하겠지만, 그렇지 않으면 곤장으로 볼기를 맞고 죽으리라."

좌수 얼굴이 흙빛이 되어 아무 말도 못 하자, 흉녀는 이 말을 듣고 크게 놀라며 말하였다.

"안전(案前, 존귀한 사람이 앉아 있는 자리의 앞)에서 이미 아시고 물으시는데 어찌 조금이라도 거짓을 아뢸 수 있겠나이까. 전실에 두 딸이 있어 자라더니 장녀 행실이 바르지 못하여 잉태하여 장차 세상에 알려지게 되었기로 노복들도 모르게 약을 먹여 낙태하였습니다. 남은 이러한 줄도 모르고 계모의 모해인 줄 알 듯하기에 그 애를 불러 타이르기를, '네 죄는 죽어 아깝지 않지만 너를 죽이면 남이 나의 모해로 알겠기에 짐작하여 죄를 사하겠으니, 차후로는 다시 이러한 행실을 말고 마음을 닦아라. 만일 남이 알면 우리 집을 경멸할 것이니, 그러면 무슨 면목으로 사람을 대하겠느냐' 하고 꾸중을 하였습니다. 그랬더니 저도 죄를 알고 부모 대하기를 부끄러워하며 스스로 밤에 나가 못에 빠져 죽었습니다. 그 동생 홍련이 또한 제 언니의 행실을 본받아 밤에 도주한 지 몇 해가 되었지만, 그 종적을 모를 뿐 아니라, 양반의 자식이 잘못을 저지르고 나갔다고 해서 어찌 찾을 길이 있겠습니까? 이러므로 나타나지 못하였나이다."

　부사가 다 듣고 나서 물었다.

　"네 말이 그러하다면, 낙태한 것을 가져오면 족히 알겠다."

　흉녀가 대답하였다.

　"소녀의 혈육이 아닌 까닭에 이런 일을 당할 줄 알고 그 낙태한 것을
깊이 묻었다가 가져왔나이다."

하고 즉시 품속에서 내어놓으니 부사가 보니, 낙태한 것이 분명하므로
이에 분부하였다.

　"말과 사실이 어긋남이 없으나 죽은 지 오래되어 분명히 설명할 수
없으니 내 다시 생각하여 처리할 것이니 그냥 물러가 있거라."

　그날 밤에 홍련의 형제가 완연히 부사 앞에 나타나서 절하고 말하
였다.

　"소녀들이 천만의외에 사리 밝으신 사또를 만나서 소녀 자매의 누명
을 벗고 원한을 풀까 바랐었는데, 사또께서 흉녀의 간특한 꾀에 빠지실
줄 어찌 알았겠나이까."

하며 슬피 울다가 다시 물었다.

　"일월같이 밝으신 사또는 깊이 통촉(洞燭, 웃어른의 행동에 관하여 쓰는 말
로, 사정이나 형편을 헤아려 살핌)하십시오. 소녀의 뼈에 사무친 원한은 삼척
동자(三尺童子, 키가 석 자밖에 되지 않는 아이라는 뜻으로, 철부지 어린아이를 이르
는 말)라도 다 아는 사실입니다. 이제 사또께서 잔악한 계집의 말을 곧
이들으시고 깨닫지 못하시니, 어찌 애달프지 않겠나이까. 바라건대 사
또께서는 흉녀를 다시 부르셔서 낙태한 것을 올리라 하여 배를 가르고

보시면, 반드시 통촉할 바가 있을 것입니다. 그러니 소녀 자매를 가엾게 여기셔서 법을 밝혀 주시고, 소녀의 아비는 본성이 착하고 사리 분별이 어두운 탓으로 흉녀의 간계에 빠져 흑백(黑白)을 분별치 못하는 것이니 충분히 용서하여 주시기를 바라겠나이다."

말을 마치고 홍련의 자매는 일어나 절하고 청학을 타고 공중으로 올라갔다. 부사는 그 말을 듣고는 분명히 자기가 흉녀에게 속은 것을 깨닫고 더욱 분노하였다. 날이 밝기를 기다려 새벽에 좌기(坐起, 지난날 관아의 우두머리가 출근하여 사무를 보던 일)를 베풀고 좌수 부부를 성화같이 잡아들여 다른 말은 묻지 않고 그 낙태한 것을 빨리 들이라 하였다. 그것을 살펴보니 낙태가 아닌 줄 분명히 알겠으므로 좌우에게 명령을 내려 그 낙태한 것의 배를 가르게 할 때 그 호령이 서리 같았다. 칼을 가져와 배를 갈라 보니, 그 속에 쥐똥이 가득하였다. 허다한 관속(官屬, 지난날 지방 관아의 아전과 하인을 이르던 말)들이 이를 보고 모두 흉녀의 간계를 알고 저마다 침을 뱉고 꾸짖으며, 장화 자매의 애매한 죽음을 불쌍히 여겨 눈물을 흘리었다.

부사는 이를 보고 크게 노하여 큰칼(중죄인의 목에 씌우는 형벌 기구)을 씌우고 소리를 높여 호령하여 말하였다.

"이 잔악한 것아, 네 이토록 흉칙한 죄를 짓고도 방자스럽게 교묘한 말로 속이기로 내가 생각하는 바 있어 놓아 보냈다. 이제 또한 무슨 말을 꾸며 변명코자 하느냐? 네 국법(國法)을 가볍게 여기고 못할 짓을 행하여 죄 없는 전실 자식을 죽였으니, 그 사연을 바른 대로 아뢰어라."

좌수는 이 광경을 보고는 애매한 자식을 죽게 한 죄를 뉘우치며 눈물을 흘리면서 말하였다.

"소생의 무지한 죄는 성주의 처분에 있습니다. 전처 장씨는 가장 현숙하더니 불쌍히 죽고 두 딸이 있었는데 부녀(父女)가 서로 의지하여 위로하며 세월을 보냈습니다. 그러나 후사를 돌보지 않을 수 없어 후처를 얻어 아들 셋을 낳아 기꺼워했습니다. 그런데 하루는 소생이 안채에 들어가니 흉녀가 갑자기 얼굴색이 변하여 하는 말이, '영감이 늘 장화를 세상에 없이 귀히 여기시더니 제 행실이 불행하여 낙태하였으니 들어가 보라' 하고 이불을 들추고 소생이 놀라 어두운 눈에 보니, 과연 낙태한 것이 확실했습니다. 미련한 소견에 전혀 깨닫지 못하고, 더욱 전처의 유언을 잊고 흉계에 빠져 죽인 것이 틀림없으니 그 죄 만 번 죽어도 사양치 않겠습니다."

말을 마치고 배 좌수가 통곡하니, 부사가 그 곡하는 소리를 그치게 하였다. 그리고 흉녀를 형틀에 올려 매고 문초를 하니, 흉녀는 매를 이기지 못하여 말하였다.

"소첩의 친정은 대대로 거족(巨族, 대대로 번창하고 문벌이 높은 집안)이오나 근래에 문중이 힘을 잃고 가세가 무너지던 차에, 좌수가 간청하므로 그 후처가 되었습니다. 전실의 두 딸이 있었는데 그 행동거지가 심히 아름다웠나이다. 그리하여 내 자식같이 양육하여 이십에 이르니 제 행실이 점점 흉측하여 백 가지 말에 한 말도 듣지 않고 성실치 못한 일이 많아 원망이 심하였습니다.

하루는 그들 자매의 비밀스런 말을 우연히 엿들었습니다. 그 말을 듣고 보니 과연 소첩이 늘 염려하던 바와 같이 불미한 일이므로 마음에 놀랍고 분하지만, 아비더러 이르면 반드시 모해하는 줄로 알 것이니 부득이 영감을 속이고 쥐를 잡아 피를 묻혀 장화의 이불 밑에 넣고 낙태하였다 하였습니다. 그리고 소첩의 자식 장쇠에게 계교를 가르쳐 장화를 유인하여 연못에 넣어 죽였는데, 그 아우 홍련이 또한 화를 두려워 밤중에 도망했습니다. 법대로 처분을 기다리겠사오나, 첩의 아들 장쇠는 이 일로 천벌을 입어 이미 병신이 되었으니 죄를 사하여 주옵소서."

장쇠 등 삼 형제가 동시에 말하였다.

"소인 등은 다시 아뢸 말씀이 없사오나 다만 늙은 부모를 대신하여 죽고자 바랄 뿐이옵니다."

하는 것이었다. 부사는 좌수의 처와 장쇠 등의 자백을 듣고 한편 흉녀의 소행을 이해하며, 한편 장화 자매의 원통한 죽음을 불쌍히 여겨 말하였다.

"이 죄인은 남과 다르니, 내 임의로 처리 못 하겠다."

그리고 감영(監營, 조선 시대에, 각 도의 감사가 직무를 보던 관아)에 보고하니, 감사가 이 말을 듣고 크게 놀라

"이런 일은 세상에 없는 일이라."

하며 즉시 이 뜻을 조정에 보고하였더니 임금이 보고 장화 자매를 불쌍히 여겨 분부를 내렸다.

"흉녀의 죄상은 이루 헤아릴 수 없으니 능지처참(陵遲處斬, 대역(大逆) 죄인에게 내리던 극형. 죄인을 죽인 뒤 시신의 머리, 몸, 팔, 다리를 토막 쳐서 각지에 돌려 보이는 형벌)하여 후일을 징계하며, 그 아들 장쇠는 목을 벨 것이며, 장화 자매의 혼백을 위로하여 비를 세워 표하여 주고, 제 아비는 내쫓아라."

하니, 감사(監司, 관찰사. 조선 시대에, 외직 문관의 종이품 벼슬로 각 도의 장관을 일컫던 말)는 분부를 받고 그대로 철산부에 전달하였다. 부사는 즉시 좌기를 베풀고 흉녀를 능지처참하여 효시(梟示, 뭇사람을 경계하기 위하여 죄인의 목을 베어 매달아 대중에게 보임)하고, 아들 장쇠는 목을 베고 좌수는 뜰 아래 꿇리고 꾸짖었다.

"네 아무리 사리에 어둡기로서니 어찌 그 흉녀의 간계를 깨닫지 못하고 애매한 자식을 죽였는가. 마땅히 네 죄를 다스릴 것이나, 장화 자매의 소원이 있고 분부 또한 그러하므로 네 죄를 특별히 사하겠노라."

좌수는 하늘 같은 은혜에 감사하고 두 아들을 거느리고 나갔다.

부사는 몸소 관속을 거느리고 장화 자매가 죽은 못에 찾아갔다. 못의 물을 치우고 보니, 두 소저의 시체가 자는 듯이 누워 있는데 얼굴이 조금도 변하지 않아 마치 산 사람과 같았다. 부사가 보고 기이하게 여겨 관(棺)을 갖추어 명산을 가려 묻고 무덤 앞에 석 자 길이(한 자가 30.3cm이므로 약 1m 길이를 말함) 비석을 세웠는데 그 비석에 '해동 조선국 평안도 철산군 배무룡의 딸 장화·홍련의 불망비(不忘碑, 후세 사람들이 잊지 않도록 어떤 역사적 사실을 적어서 세운 비석)'라 하였다.

부사가 장례를 마치고 돌아와 정사를 다스리는데 잠시 곤하여 잠자리를 의지하여 졸고 있을 즈음 문득 장화 자매가 들어와 절을 하며 말하였다.

"소녀들은 밝으신 사또를 만나 뼈에 사무친 한을 풀고 또 해골까지 거두어 주시고, 아비의 죄를 용서하여 주셨으니 그 은혜가 태산 같고 큰 바다와 같으니, 어두운 저승에서라도 이 은혜를 꼭 갚겠나이다. 오래지 않아 관직이 오를 것이니 두고 보옵소서."

이렇게 말하고 사라지자 부사 놀라 깨어 보니, 침석에서 꾼 꿈이었다. 그로부터 차차 승진하여 통제사에 이르니 이것은 장화 자매의 음덕이었다.

장화 홍련이 배 좌수의 딸로 다시 태어나다

배 좌수는 나라의 처분으로 흉녀를 능지처참하여 두 딸의 원혼을 위로하였으나, 마음에 즐거움이 없고 오직 두 딸의 애매한 죽음을 슬퍼하여 거의 미칠 듯하였다. 할 수만 있으면 다시 이 세상에서 부녀의 의(義)를 맺어 남은 한을 풀고자 늘 빌었다.

그러던 중 집안에 공양할 사람조차 없어 마음 둘 곳이 없으므로 부득이 혼처를 구하였다. 그리하여 향리에 속하는 윤광호의 딸에게 장가드니 나이는 십팔 세요, 용모와 재질이 비상하고 성격 또한 온순하여 자못 숙녀의 태도가 있으므로 좌수는 매우 기뻐하였다. 이들의 금실은 남보다 더 특별하였다.

하루는 좌수가 사랑채에서 두 딸의 생각이 간절하여 능히 잠을 이루지 못하고 전전반측(輾轉反側, 누운 채 이리저리 뒤척이며 잠을 이루지 못함)할 때 장화 자매가 황홀히 단장하고 완연히 들어와 절하며 말하였다.

"소녀의 팔자가 기구하여 어머니를 일찍이 여의고 전생 업원(業冤, 전생에서 지은 죄로 말미암아 이승에서 받는 괴로움)으로 모진 계모를 만나 마침내 애매한 누명을 쓰고 부친 슬하를 이별하였으니, 억울하고 원통함을 이기지 못하여 이 원정을 옥황상제께 아뢰었습니다. 상제께서 통촉하시와 이르시기를 '너희 사정이 딱하나 이 역시 너희 팔자라, 누구를 원망하리오? 그러나 너의 아비와 세상 인연이 미진하였으니(다하지 못하였으니), 다시 세상에 나가 부녀의 의를 맺어 서로 원한을 풀어라' 하시고 물러가라 하셨는데 그 의향을 모르겠나이다."

하였다. 좌수가 그를 붙잡고 반길 때에 닭 소리에 놀라 깨어 보니, 무엇을 잃은 듯 여취여광(如醉如狂, 몹시 기뻐서 미친 듯도 하고 취한 듯도 하다는 뜻으로, '이성을 잃은 상태'를 비유하여 이르는 말)하여 심신을 가누지 못하였다.

후처 윤씨 또한 한 번 꿈을 꾸니 선녀가 구름으로 내려와 연꽃 두 송이를 주며 하는 말이,

"이는 장화와 홍련이니, 그 애매하게 죽음을 옥황상제께서 불쌍히 여기시어 부인께 점지하니, 귀히 길러 영화를 보라."

하고 간데없기에, 윤씨가 깨어 보니 꽃송이는 손에 쥐어 있고 향기가 방 안에 가득하였다. 윤씨가 크게 괴이하게 여겨 좌수를 청하여 꿈 이야기를 전하며,

"장화 홍련이 어찌 된 사람입니까?"

하고 물으니, 좌수는 이 말을 듣고 꽃을 보니 꽃이 넘놀며 반기는 듯하므로 두 딸을 다시 만난 듯해서 눈물을 흘리고 딸의 전후 사연을 말해 준 후에,

"내 전일에 그러한 꿈을 꾸었더니, 오늘 부인이 또 그런 꿈을 꾸었다 하니 이는 반드시 두 딸이 부인께 태어날 징조인가 하오."

하며 서로 기꺼워하여 꽃을 옥병에 꽂아 장 속에 넣어 두고 때때로 상

대하여 사랑하니, 자연 슬픈 마음이 사라지는 것이었다.

윤씨는 그달로부터 태기가 있어 열 달이 되어 갈수록, 배가 너무도 드러나기에 쌍둥이가 분명하였다. 달이 차니 몸이 피곤하여 잠자리에 의지하였더니, 이윽고 순산하여 쌍둥이 두 딸을 낳았다. 좌수가 밖에 있다가 들어와 부인을 위로하여 아기들을 보니, 용모와 기질이 옥으로 새긴 듯 꽃으로 모은 듯, 짝이 없게 아름다워 그 연꽃과 같았다. 그들은 이것을 기이하게 여겨 '꽃이 화(化)하여 여아가 되었다'고 하며 이름을 다시 장화·홍련이라 적고 장중보옥같이 길렀다.

장화 홍련이 혼인하여 영화를 누리다

세월이 흘러 사오 세에 이르니, 두 소저의 골격이 비상하고 부모를 효성으로 받들었다. 그들이 점점 자라서 십오 세에 이르자 덕을 구비하고 재질이 또한 뛰어나므로 좌수 부부의 사랑함이 비길 데 없었다.

배필을 구하고자 매파(媒婆, 혼인을 중매하는 할멈)를 널리 놓았지만, 합당한 곳이 없어 매우 근심하던 중, 이때 평양에 이연호라는 사람이 있는데 재산이 매우 많으나 슬하에 일점 혈육이 없어 슬퍼하다가 늦게야 신령의 현몽(現夢, 죽은 사람이나 신령 따위가 꿈에 나타남. 또는 그 꿈)으로 쌍둥이 아들 형제를 두었다. 이름은 윤필·윤석이라 하는데, 이제 나이 십륙 세로 용모가 화려하고 문필이 뛰어나서 딸 둔 사람들이 모두 탐내며 매파를 보내 청혼하는 것이었다.

그 부모도 또한 자부를 선택하는 데 심상치 않던 중, 배 좌수의 딸 쌍둥이 형제가 아주 특이함을 듣고 크게 기꺼워 혼인을 청하였다. 이리하여 양가가 서로 합의하여 즉시 허락하고 택일하니, 때는 구월 보름께였다.

이때 천하가 태평하고 나라에 경사가 있어 과거를 보일 때, 윤필 형제가 참여하여 장원 급제하였다. 임금이 그 인재를 기특히 여겨 즉시 한림학사로 임명하니, 형제는 감사를 표하고 말미를 청하니 임금이 허락하였다.

그리하여 형제가 바로 떠난 집으로 내려오니, 이 공이 잔치를 베풀고 친척과 친구들을 청하여 즐기는 것이었다. 본관 수령이 각각 풍악과 포진(鋪陳, 잔치에 쓰는 돗자리)을 보내고 감사와 서윤(庶尹, 조선 시대에, 한성 판윤과 평양 좌우윤을 보좌하는 종사품 벼슬)이 신래(新來, 과거에 급제한 사람)를 기리며 잔을 나누어 치하하니, 가문에 영화는 지금에 이르기까지에 드물었다.

이러구러 혼인을 당하여 형제는 위엄을 갖추고 풍악을 울리며 혼인한 집에 이르러 예를 마치고 신부를 맞아 돌아와 부모께 인사를 드렸다. 그 아름다운 태도는 마치 한 쌍의 명주요 백옥 같았다. 부모들은 기꺼움을 측량치 못하였다.

신부 자매가 부모를 효성으로 받들고 군자를 따르며 장화는 이남 일녀를 낳았다. 그의 장자는 문관으로 공경 재상이 되었고, 차자는 무관으로 장군이 되었다. 홍련도 이남을 두었는데, 장자는 벼슬이 정남에 이르고, 차자는 학행이 높아 산림에 숨어 풍월을 벗삼아 거문고와 서책을 즐겼다.

배 좌수는 구십이 되니, 나라에서 특별히 좌찬성(조선 시대, 의정부(議政

府)의 종일품 벼슬)을 제수하였다. 그는 이것으로 여생(餘生)을 마치고 윤씨 또한 세상을 버리니, 장화 자매가 슬퍼하는 것이었다. 윤필 형제도 부모가 돌아가니 형제가 한 집에 함께 살며 자손을 거느리고 지냈다.

장화 자매는 칠십삼 세에 함께 죽고, 윤필 형제는 칠십오 세에 세상을 떠났다. 그 자손이 딸아들을 두어 행복을 누리며 자손이 번창하였다.

한국 문학을 읽는다

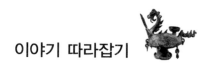

　　세종대왕 시절에 평안도 철산군에 배무룡 부부가 살았다. 배무룡은 향반으로 좌수를 지냈고, 성품이 순박하고 인정이 많으며, 가산이 넉넉하여 부러울 것이 없었다. 다만 늦도록 슬하에 자식이 없었다. 어느 날 장씨 부인은 선관에게 꽃송이를 받는 꿈을 꾸고, 장화(薔花)를 잉태한다. 이어서 2년 후에 또 홍련(紅蓮)이 태어난다. 이처럼 장화와 홍련은 선녀가 옥황상제에게 죄를 짓고 하강한 인물로 그려진다. 자매는 자랄수록 용모와 자태가 화려하고 효행도 뛰어나서 부부의 사랑을 독차지한다. 그러나 운수가 불행하여 장씨가 홀연 병을 얻어 회복되지 못한 채 유언을 남기고 죽는다.

　　아버지 배 좌수는 대를 잇기 위해서, 용모와 심지가 사나운 허씨를 재취(再娶)로 맞아들인다. 그리고 허씨는 연달아 아들 삼 형제를 낳는다. 그런데도 배 좌수가 여전히 장화 자매만을 사랑하자, 계모인 허씨는 시기하는 마음이 커져 모함하여 해치고자 꾀를 낸다. 급기야 죽일 뜻을 밤낮으로 생각한다. 그리하여 장화를 모해하기 위해 장화가 마치 외간 남자와 정을 통하다 낙태를 한 것처럼 꾸미고 그것을 배 좌수에게 알린다. 즉 쥐를 잡아 껍질을 벗기고 피를 발라 장화의 이불 밑에 넣어 둔 것이다. 그러자 배 좌수는 지금까지의 태도를 바꾸어 허씨의 말에 대한 진위(眞僞)를 가리려 하지 않고 장화의 죽음을 방관하게 된다.

장화는 억지로 외삼촌 댁으로 보내지고, 함께 간 남동생 장쇠의 강압으로 연못에 빠져 죽는다. 이때 갑자기 범이 장쇠에게 달려들어 그의 두 귀와 한 팔, 한 다리를 떼어 먹고 사라진다. 장쇠가 이렇게 범에게 물려 돌아오자, 배 좌수는 비로소 장화가 억울하게 죽은 줄 알고 후회한다. 그렇지만 배 좌수는 장화의 죽음에 대한 의혹을 밝히려는 어떤 노력도 하지 않음으로써 홍련마저 죽게 만든다. 즉 장쇠로부터 언니의 죽음에 대해서 상세히 들은 홍련도 파랑새의 안내로 연못에 이르러 또한 빠져 죽는다. 여기까지가 전반부의 내용이다.

후반부에서는 억울하게 죽은 장화와 홍련의 원혼이 연못 주변에서 이승을 떠돌며 사람들에게 그 사실을 알리고, 또한 고을 수령에게 나타나 자신들의 억울한 죽음을 하소연하려 한다. 그러나 놀란 수령들이 계속 죽어 나간다. 그래도 이들이 포기하지 않은 것은 계모의 모함으로 억울하게 죽은 한(恨)이 그만큼 깊었기 때문이다. 마침내 새로 부임한 부사에 의해 이들의 억울한 죽음이 밝혀지고, 허씨가 처형되자 장화 자매의 한은 풀린다. 이들은 작품의 마지막 부분에서 배 좌수가 다시 맞이한 또 다른 후처의 딸로 태어나 행복한 삶을 누리게 된다.

후반부를 정리하면 장화와 홍련의 원혼(怨魂) 관청 출현－관장의 죽음과 철산의 폐읍화－정 부사(鄭府使)가 자원해서 부임－정 부사의 신원(伸寃)－허씨와 장쇠의 죽음－장화 자매의 환생－행복한 결말 등이다.

결국 악랄한 허씨는 능지처참을 당하고, 장쇠도 죽는다. 이후 장화 자매의 결초보은으로 정 부사는 벼슬이 오른다. 이어서 배 좌수는 세 번째 부인으로 윤씨를 맞아들인다. 윤씨가 꿈에 선녀로부터 연꽃을 받고 쌍둥이 여아를 출산한다. 억울하게 죽은 장화 자매가 쌍둥이 딸로 환생한 것이다. 이러한 후반부는 이른바 재판과 송사를 다루는 '공안소설'의 구조를 보이고 있다. 「장화홍련전」은 계모형 가정소설로 한국 소설사에서 독특한 위치를 차지하는 것으로 평가되는 작품이다.

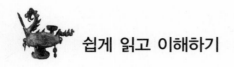

쉽게 읽고 이해하기

계모형 가정소설의 표본

「장화홍련전」은 작자와 연대가 알려지지 않은 조선 후기의 가정소설로, 효종 때 철산 부사로 가 있던 전동흘(全東屹)이 직접 겪은 실화를 다른 사람이 소설화한 것이다. 이 작품은 뒤에 나온 계모형 가정소설의 표본이 된다. 즉 악독한 계모에게 온갖 학대를 받다가 끝내는 계모의 흉계로 죽은 전처 소생에게 눈물을 자아내게 하고, 악행에 대한 증오심을 다시 한 번 강조하면서 권선징악을 효과적으로 그려 내고 있다.

가정 비극의 근본 요인은 무엇인가?

우리는 보통 계모형 고전소설을 읽을 때 권선징악이라는 커다란 주제를 놓고, 선(善)과 악(惡)의 대립이라는 흑백 논리에 의해 작품을 감상해 왔다. 그래서 가정의 비극이 빚어지게 된 근본 원인이나 과정을 정확하게 분석하기보다는 단순한 결론을 내리기만 했다. 여기에서는 악한 행동을 해야만 했던 허씨와 그녀를 둘러싼 환경과 원인 제공 등의 근본적인 면에서 이 작품을 살펴보도록 하자.

첫째 요인은 '허씨의 소외'다

「장화홍련전」은 한 가정에서 후처를 맞아들이는 데서 빚어지는 허씨와 장화 자매(계모와 전처 자식) 사이의 갈등을 문제 삼고 있다. 이들 갈등의 바탕은 후처제라는 제도 그 자체에 이미 내재해 있었지만, 갈등의 직접적 계기가 된 것은 기존 가족들에 의한 허씨의 소외이다. 배 좌수가 허씨를 후처로 맞이한 것은 오직 후사를 이으려는 욕심 때문이었다. 작품 내용에서, 두루 혼처를 구하였지만 원하는 사람이 없어 배 좌수의 마음에 들지도 않은 허씨를 부득이 후처로 맞이한 것으로 나타난다. 따라서 배 좌수에게 있어서 허씨는 단지 후사를 잇기 위한 수단으로서만 의미를 가진다.

이러한 사정은 장화 자매에게 있어서도 마찬가지이다. 그들의 입장에서 볼 때, 허씨는 아버지와 생모 장씨 사이에 끼어들어, 생모가 차지하고 있던 아버지의 애정과 안주인의 자리를 가로챈 얄미운 존재로 비쳐질 수 있다. 뿐만 아니라 계모에 대한 애정 표시는 곧 생모에 대한 배신과도 통할 수 있는 만큼, 그들은 계모에게 쉽사리 애정을 주기가 어려웠을 것이다. 그들의 이러한 모습은 허씨에 대한 호칭에서 구체적으로 드러난다. 자매는 자기들끼리 대화를 주고받을 때, 항상 허씨를 '계모'라고 부르고 친어머니를 '어머니'라고 부르고 있는 것이다. 이것은 그들 자매가 허씨를 진정한 어머니로 인정하지 않고 있음을 나타낸다. 이러한 배 좌수와 자매의 태도에서 허씨는 절실한 소외감을 느끼고, 바로 이러한 소외감이 장화 자매에 대한 반감으로 변형되면서, 숨겨져 있던 갈등 요인이 현실적 갈등으로 표면화된 것이다.

둘째 요인은 '배 좌수의 편파적 태도'다

이렇게 시작된 양자간의 갈등을 결정적으로 확대하는 것은 가장인 배 좌수의 편파적 태도이다. 배 좌수가 조금만 사려 깊었다면, 딸들의 이런 행위에 함께 슬퍼하고만 있을 것이 아니라, 그들을 달래고 훈계해서 허씨와 이복 동생들과 친어머니처럼 친형제들처럼 지내도록 유도해야 하였다. 그런데 배 좌수는 딸들의 잘못은 알지 못한 채 허씨만 일방적으로 질책함으로써, 양자 사이의 갈등의 폭을 더욱 벌려 놓은 것이다. 더 나아가 배 좌수는 허씨가 먹는 것까지도 전처에게 감사할 것을 요구함으로써, 허씨의 자존심을 짓밟고 존재를 무시해 버린다. 그는 허씨를 집안의 안주인으로 생각하는 것이 아니라, 집안일을 뒤치닥꺼리나 하고, 아들을 낳아 단지 후세를 잇는 여인 정도로 생각하고 있다. 바로 이러한 배 좌수의 태도가 허씨의 반발을 불러일으킴으로써, 장화 자매와 허씨 간의 갈등을 더욱 심각하게 만들고 있다. 허씨가 믿고 의지할 수 있는 사람은 남편인 배 좌수밖에 없는데, 배 좌수의 행동은 그에게 특히 심한 배신감을 불러일으킬 수밖에 없으며, 허씨가 장화 자매에 대한 음모를 결심하게 되는 것도 바로 이 때문이다.

허씨의 장화 자매에 대한 학대는 아예 제거해 버릴 결심으로까지 이어지고, 곧 행동으로 옮긴다. 그들 아버지와 딸의 사이를 이간질하면서 배 좌수의 마음을 자기 쪽으로 끌어오고, 결국 장화 자매를 제거하는 데 성공한다. '계모와 전처 자식' 간의 주도권 다툼은 결국 허씨의 승리로 돌아가고, 허씨는 명실상부한 여가장의 지위를 획득한다. 재취(再娶)는 분명 사회적 인식에 있어서 초취(初娶, 첫 번 혼인으로 맞아들인 아내)보다 못한 대우를 받는다. 후처는 전처의 죽음으로 인한 가족 결손을 보완하는 부수적 존재이기 때문이다. 또한 기존 가족들은 이미 하나의 혈연을 바탕으로 확고한 일체감을 형성하고 있는 만큼, 새로 들어온 후처가 혈연적 유대가 없다는 장애를 극복하고 그 일체감을 함께하기란 결코 쉽지 않다는 점에서 더욱 그러하다.

셋째 요인은 '재물에의 집착'이다

작품에서 보면, 허씨는 높은 집안의 후예로, 망하게 된 집안 사정 때문에 부자인 배 좌수의 후취로 들어오게 된다. 그러니까 허씨가 혼인할 때, 배 좌수의 재물을 어느 정도 욕심을 내고 있었음을 짐작할 수 있다. 이러한 욕심은 장화 자매에 대한 허씨의 적극적 음모를 유발하는 요인이 된다. 기존 가족들에 의해 철저히 소외되고 있는 허씨는, 우선 자신의 장래 생활을 보장해 줄 경제력을 확보할 필요가 있었다. 나아가 자신의 경제력 확보는, 자기가 낳은 자식들에게도 직접적 영향을 미치게 된다는 점에서 더욱 절실하였다. 그런데 가장인 배 좌수가 장화 자매와 함께 어울리면서 자기를 소외시키고 있음을 볼 때, 재산의 대부분이 그들에게 넘어갈 것은 뻔하다고 생각한 것이다. 그래서 허씨는 마침내 장화 자매를 제거하고 가산을 모두 차지할 수 있는 위치를 확보한 것이다.

그러나 바르지 못한 방법을 통해 획득한 허씨의 승리는 오래가지 못한다. 허씨는 결국 그 흉계가 탄로나서 비참한 최후를 맞이하게 되고, 승리는 장화 남매에게 돌아간다. 그렇지만 이러한 장화 남매의 승리를 진정한 현실적 승리로 보기 어렵다. 왜냐하면 원귀(冤鬼)의 출현이라는 비현실적 방법을 통해서 얻어진 것이기 때문이다. 이처럼 장화 자매의 승리가 비현실적 방법에 의해 획득되었다는 사실은, 그들의 현실적 승리가 그만큼 어렵다는 것을 역설적으로 증명하는 데 지나지 않는다. 따라서 이러한 승패의 극적 반전은 전처 자식들의 승리를 바라는 작가나 독자들의 바람이 투영되어 나타난 결과일 뿐, 실제와는 상당한 거리가 있다고 하겠다.